L'île dans une bassine d'eau
et autres contes choisis

Béatrix Beck

L'île dans une bassine d'eau
et autres contes choisis

l'école des loisirs
11, rue de Sèvres, Paris 6ᵉ

© 1996, l'école des loisirs, Paris
Loi n° 49.956 du 16 juillet 1949 sur les publications
destinées à la jeunesse : mars 1996
Dépôt légal : février 2004
Imprimé en France par Bussière Camedan Imprimeries
à Saint-Amand-Montrond
N° d'édit. : 5548 – N° d'impr. : 035730/1.

Pour Anita de Haro

Dog

Mi entend un crissement de branches vers la haie, se retourne et, la bouche pleine, crie :

– Oh, la drôle de petite fille qui nous regarde !

Fa se retourne aussi et voit une enfant maigre de l'autre côté de la haie.

– C'est une petite mendiante.

Fa s'élance et demande :

– Tu veux venir ?

– Oui, répond la petite fille avec un accent étranger.

Elle marche sur la pointe des pieds et dit :

– J'ai senti l'odeur du chocolat.

La visiteuse s'assied sur une jambe et mange gloutonnement. Elle se barbouille de chocolat, la confiture coule sur ses doigts. Ses mèches pâles s'agitent, ses yeux clairs brillent. Fa donne des coups de coude à son frère, pour l'empêcher de protester.

Après un silence hostile, Mi demande :

– D'où que tu viens ?

– Sud Sud-Ouest, répond la petite fille, en regardant en l'air.

Mi, croyant chuchoter, crie :

– Tu vois, c'est pas une mendiante, c'est une folle.

Fa, troublée, demande :

– Comment que tu t'appelles ?

– Je ne m'appelle pas.

Mi dévisage l'étrangère. Par-dessus sa

robe déchirée, elle porte une pèlerine noire à capuchon, comme pour aller à l'école.

Le chat vient se frotter en ronronnant contre ses jambes minces.

— Mais t'es bossue ? dit Mi. Pourquoi que t'as un gros dos sous ton capuchon ?

En secouant la tête, la petite fille rejette sa pèlerine et déploie lentement deux grandes ailes transparentes. Fa saute en l'air, bat des mains, crie :

— Oh, mais alors, t'es une fée ?

— Qu'est-ce que c'est, une fée ? demande la petite en agitant les ailes et en arrondissant les yeux.

Mi regarde triomphalement sa sœur :

— Tu vois, je te l'avais bien dit. Ça n'existe pas, les fées.

La petite se lève sur la pointe des pieds. Ses ailes battent de plus en plus vite. Elle écarte les bras. Ses cheveux dansent. Et, tout d'un coup, elle éclate en sanglots :

— J'ai trop mangé. Je ne peux plus m'envoler.

Le chat miaule. Mi questionne :

— Pourquoi que tu veux t'envoler ?

— Pour retourner chez nous.

— Tu ne peux pas t'en retourner sur tes pieds ? À quoi que ça te sert, alors, d'avoir des pieds ?

— Voilà à quoi ça me sert, répond la petite, en allongeant un grand coup de pied à Mi, qui reste immobile de saisissement.

Fa prend la petite par la main :

— Si tu t'en retournais sur le dos de Dog ? Puisque t'es fatiguée.

Elle l'entraîne dans la cour, jusqu'à la niche :

– Dog, tu vas ramener la petite chez elle. Tu ne la mordras pas, dis ? Et après tu reviendras.

Le chien aplatit les oreilles et remue la queue en jappant. La petite replie ses ailes, met son capuchon et monte sur le dos du chien, qui se secoue sans avancer. Elle lui parle à l'oreille. Alors il allonge le cou et l'emporte lentement à travers la campagne chaude. Quand Dog et sa cavalière ont complètement disparu, Fa soupire et s'en va près de sa grand-mère, qui gronde Mi :

– Tu n'aurais pas dû la laisser s'en aller. C'est une voleuse, cette petite-là. Elle prend le chien sans seulement me prévenir.

– Non, Bonne-Maman, dit Fa. C'est pas une voleuse. C'est une fée.

– Voleuse ou fée, ça revient au

même. On ne reverra plus Dog. Vous avez été bien imprudents. Et maintenant, qui c'est qui nous défendra s'il vient des bandits ?

– Te tourmente pas, Bonne-Maman, répond Mi. Les bandits, ça n'existe pas.

Cependant, les jours passent sans ramener Dog. Le soir dans leurs lits, Mi et Fa parlent de lui :

– Tu sais, Fa, peut-être que Dog est devenu enragé.

– Peut-être qu'il est devenu un loup.

– Que t'es bête, les loups ça n'existe pas.

– Mais, dis, Mi, pourquoi tu ne veux pas croire que la petite, c'est une fée, puisqu'elle a des ailes ?

– Ben, elle est née avec des ailes, voilà tout. Bonne-Maman a raconté qu'il y a longtemps, il y avait un monsieur qui avait un veau avec cinq pattes. La fée, c'est pareil.

– Dis, Mi, ça doit être beau, chez la petite. Moi, je voudrais être Dog.

Pendant le long hiver, Fa demandait souvent :

– Bonne-Maman, toi, tu crois que c'est une quoi, la petite ?

– Ma fille, c'est une petite pas grand-chose, voilà ce que c'est.

L'été arriva. Un soir que la grand-mère était assise sur le banc, avec ses petits-enfants, pour prendre le frais, un nuage de poussière apparut sur la route. Il s'approcha rapidement. C'est une bête ! C'est un chien ! C'est Dog !

Mi et Fa, le cœur battant, courent à sa rencontre en criant. Ils se tapent sur les genoux pour lui faire signe d'arriver plus vite. Oui, c'est Dog, la langue pendante, le poil hérissé. Il se couche aux pieds de la grand-mère en haletant :

— Aaa ! Aaa ! Aaa !

Fa court lui chercher de l'eau fraîche.

— Il a bien maigri, dit la grand-mère, on ne doit pas manger souvent, dans ce pays des fées.

Mi, en tournant le collier de Dog, fait tomber un petit morceau de papier. Il le ramasse et lit :

Mademoiselle Fa, vien faire une vizite chez nous. Dog te conduira. Recoi mes bèzzès.

— Ce qu'elle a une vilaine écriture, hurle Mi, furieux de n'être pas invité. Regarde, Bonne-Maman, c'est des pattes de mouche, et puis des pâtés.

— Moi, tu sais, mon garçon, je n'y vois goutte, répond la grand-mère.

Mi tend le billet à sa sœur qui lit et soupire :

— Elle a fait cinq fautes d'orthographe, la fée.

Puis elle relit, et saute de joie :

— Oh! Bonne-Maman, elle m'invite chez elle. Je verrai son palais! Dis, Bonne-Maman, j'irai demain, tu veux bien, dis?

— Oh oui, Bonne-Maman, on ira demain, tu veux bien? insiste Mi.

— Mais, dit Fa, la petite n'a pas invité Mi.

— J'irai quand même, répond Mi en tapant du pied.

— Paix! Ne vous disputez point. Vous n'irez ni l'un ni l'autre. Je ne veux pas vous laisser aller on ne sait où, chez on ne sait qui. Vous resterez bien tranquillement ici.

Après deux heures de supplications, la grand-mère cède et les jumeaux l'étourdissent de baisers et de cris de joie.

Le lendemain, ils se lèvent dès l'aube pour profiter de la fraîcheur. La grand-mère leur donne un panier de victuailles, les embrasse au milieu des bonds de Dog, leur fait mille recommandations contradictoires et les regarde s'éloigner sur la route poudreuse. Dog trotte en avant. Les jumeaux le suivent en allongeant le pas. La poussière tourbillonne sous leurs pieds.

Quand le soleil est déjà bien avancé sur l'horizon, Mi propose :

– Si on déjeunait ?

– Oui, mais il faut en laisser pour la fée.

Après s'être rassasiés, les jumeaux

continuent à marcher, en se reposant à chaque borne. Sans cesse, Dog court en avant, revient vers eux et les regarde en frémissant d'impatience. L'air fraîchit, le soir tombe, Fa dit :

— Je crois que la petite, elle n'habite nulle part.

— Peut-être bien que le chien nous a mal conduits, répond Mi.

Dog devient de plus en plus agité. Soudain, il file à droite dans un sentier à travers champs. Les jumeaux se lancent sur ses traces. Dog se glisse sous des fils de fer barbelés et se précipite dans un pré plein de vaches. Mi et Fa l'imitent. Dog saute par-dessus un ruisseau. Mi et Fa sautent après lui et entrent dans une grande forêt. La nuit tombe, Fa chuchote :

— Bonne-Maman va croire qu'on est perdus.

– Qu'est-ce que ça peut faire, répond Mi, puisqu'on n'est pas vraiment perdus.

Mi et Fa marchent, marchent. Ils trébuchent de sommeil. Fa se laisse tomber et s'endort. Son frère lui dit :

– T'endors pas.

Et il s'étend à côté d'elle. Dog se couche sur eux pour qu'ils n'aient pas froid. À l'aube Fa s'éveille au chant du ramier et crie à Mi :

– Viens, dépêchons-nous.

Dog jappe d'impatience. Fa entraîne son frère. La forêt s'éclaircit. Le chien et les jumeaux s'engagent dans un sentier descendant. Ils voient se profiler de hauts murs et des toits pointus couverts d'ardoises. Ils courent et arrivent aux portes de la ville. Sur la crête des murs, des poules picorent. Dog aboie trois fois et les portes s'ouvrent. Mi et Fa, le souffle coupé, pénètrent dans la ville. L'herbe pousse entre les pavés. Les rues sont tortueuses, les maisons d'inégales hauteurs.

Dog marche au milieu de la chaussée en aboyant. À tous les étages, des têtes dépeignées se penchent et des voix argentines crient :

– Bonjour, Dog ! Bonjour !

Dans les ruelles, le linge multicolore des fées sèche sur des ficelles tendues d'une fenêtre à l'autre. On entend des petites musiques narquoises et nasillardes. Le chien et les jumeaux traversent un pont au-dessus d'un canal, enfilent une rue à arcades, puis une venelle sombre où coulent dans la rigole de la lie de vin et de l'eau de lessive. Dog pousse de la patte une petite porte vermoulue et monte un escalier en colimaçon. Les jumeaux le suivent. Dog gratte à une porte verte. On entend un pas léger. La porte s'ouvre en grinçant et une voix flûtée dit :

— Je vous attendais.

Dog bondit, jappe, pose ses pattes sur les épaules de la fée et lui lèche la figure à grands coups de langue.

— Oh ! fée, comme tu as grandi ! s'écrie Fa.

La fée rit et montre un lit de fougères sèches :

— Asseyez-vous là pendant que je m'habille en dimanche.

Elle brosse ses cheveux légers avec un hérisson, met un chapeau de fleurs des champs et une voilette de toile d'araignée, brillante de rosée. Elle enfile des bas verts qui traînaient par terre et que Fa avait pris pour deux serpents. Elle se met à plat ventre devant l'armoire, ramène à elle une paire de souliers en peau de châtaignes, pose le pied sur la table et lace ses souliers avec des brins d'herbe.

– Un trou à mon bas ! crie la fée, en tapant du pied.

Elle ouvre un panier de jonc, en tire un chapeau de gland dont elle se coiffe le doigt et un brin d'herbe qu'elle pique dans une aiguille de pin. Vite, elle remmaille son bas à même la jambe. Elle court à la fenêtre, l'ouvre, hume le vent, escalade l'appui, déploie les ailes et s'envole en chantant. Mi se précipite vers la fenêtre. Mais nulle trace dans l'air ou sur les toits.

– C'est trop fort ! On vient pour la voir et elle s'en va. C'est comme si on n'existait pas.

– Mais ça y est, on l'a vue, répond Fa. Elle ne pouvait pas perdre tout son temps avec nous.

Fa déballe les tartines et les petits saucissons, met la table pour la fée, appelle son frère toujours penché à la fenêtre et Dog qui s'amusait à faire rouler le hérisson. Mais, malgré les efforts des jumeaux, la porte verte refuse de s'ouvrir.

– Elle nous a enfermés, crie Mi en donnant des coups de pied dans la porte.

Dog, plus malin, saute sur le loquet, l'abaisse avec ses pattes et les trois dévalent l'escalier.

Sur la route du retour, un laitier de leur connaissance les héla :

– Hé ! Montez dans ma carriole, le Michel et la Fabienne. Y a votre grand-mère qui se fait du mauvais sang.

Arrivés chez leur grand-mère, les jumeaux oublièrent l'impolitesse de la fée et racontèrent qu'ils avaient traversé une ville de palais, que la fée les avait embrassés, qu'elle avait des vêtements d'or et d'argent et qu'ils étaient restés longtemps près d'elle en savourant des friandises.

Dog, au contraire, semblait malheureux, il refusait sa soupe. La grand-mère pensa qu'il avait perdu l'habitude de la chaîne. Elle le lâcha.

Il se sauva sur la route, puis revint en gémissant aux pieds des enfants. Il les regarda, tomba sur son arrière-train, se traîna, se tourna sur le dos, regarda encore les enfants en agitant ses pattes raidies, roula sur le côté et mourut.

– Oh! Bonne-Maman, cria Fa en se jetant sur le chien, Dog est mort.

Elle se releva et ajouta gravement :

— Il est mort de chagrin d'être loin de la fée.

— Penses-tu, cria Mi. Il est mort parce que la fée ne lui donnait pas assez à manger.

Mi, comme un homme, prit une bêche, creusa une fosse dans le jardin, y traîna Dog et l'enfouit.

Fa planta des capucines sur la tombe.

Quelquefois la nuit, quand il faisait de l'orage, elle rêvait qu'elle entendait Dog aboyer, qu'il se promenait sur le toit comme un chat et qu'il ouvrait une grande gueule de feu pour la dévorer. Elle raconta ses rêves à Mi, qui lui répondit :

— Écoute, Dog est mort, il est mort, ça y est. Ne parlons plus de lui.

Le costume enchanté

Il y avait une fois un petit garçon pauvre qui s'appelait Francinet. Il pensait : « Demain, c'est la fête et je n'ai que mon vieux costume déchiré. » Tout en pensant, il marchait et soudain il s'aperçut qu'il était arrivé dans une rue inconnue. Il remarqua une boutique basse et sale, avec une petite vieille femme accroupie à la porte. Au-dessus de la porte, il y avait une inscription en lettres qui n'étaient pas des lettres de l'alphabet. Francinet ne put pas lire l'inscription. La petite vieille fit un petit signe de son long doigt pour appeler Francinet. À moitié amusé, à moitié effrayé, il s'approcha.

— Tiri tiri Tiloulouz kawakitik kra kra, dit la vieille.

Francinet pensa qu'elle était folle et voulut se sauver, mais la vieille l'avait saisi par sa manche déchirée et il craignit d'agrandir les trous en tirant.

— Kra, kra, reprit la vieille, tu m'as l'air bien en loques, mon petit bonhomme. Viens donc voir dans ma boutique. J'ai des si beaux costumes, viens, viens.

Elle entraîna Francinet dans la boutique, où il faisait nuit.

— Viens, viens, répéta la petite vieille, en prenant par le poignet Francinet tremblant.

Elle ouvrit une trappe, fit descendre

le petit garçon par une échelle de corde. Ils se trouvèrent dans un long couloir noir. La vieille tenait une lanterne. Au bout du couloir, elle tira de ses jupes une grosse clé biscornue et ouvrit une porte grinçante. Ils furent aveuglés de lumière, Francinet cria :

— Oh !

Il y avait des habits et des habits et des habits tout en or et en argent et en or et en or et en or. Ils étaient debout comme des personnes. Ils ressemblaient à des soleils. Ils étaient brodés de plantes et d'animaux de toutes les couleurs.

— Il ne faut pas y toucher, dit la petite vieille, tu les abîmerais.

Francinet se mit à tourner autour des costumes, à leur chantonner, à leur parler :

— Ô beaux costumes, soyez à moi, je

vous en supplie. J'ai froid sans vous. Je ne vous tacherai pas, je ne vous chiffonnerai pas. Je vous suspendrai dans l'armoire de maman et je vous mettrai seulement quand je serai sage et je vous mettrai seulement quand il ne pleuvra pas. Mais, beaux costumes aussi grands que moi, combien est-ce que vous coûtez ?

Francinet savait bien que les costumes ne lui répondraient pas, mais il n'osait interroger la vieille, qui prit cependant la parole :

– Celui-là, il coûte autant de pièces d'or qu'il y a de kilomètres de la terre à la lune. Celui qui est fourré de poils de rhinocéros, il coûte mille millions de milliards. Celui qui a des poches élastiques, il coûte trois montagnes et cinq sous-marins.

« Mais alors, comment faire pour

avoir un de ces costumes ? Comment faire ? Comment faire ? » se demanda Francinet. Il se promena jusqu'au fond de la pièce. Là, il vit une petite blouse et une petite culotte en toile grise de tous les jours.

– Pourquoi est-ce qu'il est avec eux ? demanda Francinet en montrant le costume gris et les costumes resplendissants.

– Ça, je ne m'occupe pas de ça, répondit la vieille. Je garde les costumes et c'est tout. Je ne m'occupe pas de ce qui ne me regarde pas.

– Mais combien est-ce qu'il coûte ?

– Un sou.

– C'est triste que je n'aie pas un sou, je l'aurais acheté pour aller à la fête demain. J'aime pas beaucoup le gris, j'aime mieux les vraies couleurs, mais il est quand même moins vilain que le mien.

– Fouille bien dans tes poches, un petit sou, ça se trouve toujours, dit la petite vieille en avançant le nez avec des yeux luisants.

Francinet chercha et, au fond de sa poche gauche, il eut la surprise de retrouver un sou de bronze qu'il avait décidé de faire durer longtemps. Il donna le sou à la vieille, se sauva avec son petit costume gris et retrouva le chemin de sa maison.

La mère de Francinet était toujours très fatiguée par son travail, aussi ne s'étonnait-elle jamais de rien et quand elle vit revenir son fils avec un vêtement neuf sous le bras, elle lui dit seulement :

– Ça ne te fera pas de mal d'avoir quelque chose de propre à te mettre.

Le lendemain, comme Francinet

allait à la fête dans son costume gris, il se mit à pleuvoir.

« Mon costume va être mouillé », se dit Francinet.

La pluie redoubla. Francinet s'aperçut que les boutons noirs de sa veste verdissaient et devenaient tout mous. « En quoi est-ce qu'ils sont donc ? » se demanda le petit garçon. Les boutons virèrent au vert tendre et se fendillèrent. Francinet essaya de les protéger de la pluie avec ses mains. Mais ils éclatèrent tous ensemble, crac ! crac ! crac ! en poussant des pointes vertes qui grandirent, grandirent et s'élargirent en feuilles. Entre les feuilles, des fleurs orangées s'épanouirent. Les tiges grimpèrent sur Francinet comme des chenilles. « Alors, pensa le petit garçon, mes boutons de veste, c'étaient des graines de fleurs. Quelle chance ! » Francinet s'amusa beaucoup à la fête, jusqu'à la nuit tombante.

Chaque dimanche, il mit son costume. Mais l'hiver, les fleurs se fanèrent. Et puis Francinet avait froid, avec le grand vent qui s'engouffrait dans sa veste. C'était comme si le vent avait pris la place du petit garçon dans le costume gris. Mais voilà qu'au printemps le costume refleurit : Francinet redevint beau. Il ne faisait plus froid. La mère de Francinet était contente parce que le costume grandissait en même temps que son fils.

– Ça, pour un complet, c'est un drôle de complet, disait-elle, mais faut pas chercher à comprendre. Ça m'épargne bien des tracas, ce complet.

Un jour, en jouant avec d'autres

gamins, Francinet tomba sur de la ferraille. Il se blessa, déchira son costume gris et se mit à pleurer à l'idée des coups de sa mère. Il attendit la nuit pour revenir chez lui, espérant que les ténèbres cacheraient la déchirure. Au moment de tourner le bouton de la porte, il tâta son costume gris et s'aperçut que le trou avait disparu. «Il s'est cicatrisé. Comme je suis heureux!» pensa Francinet. Il entra en chantant, courut embrasser sa mère et lui dit:

— Je t'aime, je suis heureux.

Mais le mois suivant, le propriétaire mit Francinet et sa mère à la porte. Ils allèrent habiter à la campagne chez une vieille cousine. La cousine possédait un jardin que la mère de Francinet sarclait et bêchait. Au fond du jardin coulait une petite rivière très claire. Souvent Francinet s'exerçait, bouche fermée, à imiter le bruit de la rivière.

Un jour d'été, il enleva son costume gris, le posa sur la berge et entra dans la belle eau. Il se laissa entraîner par le courant comme un bouchon. Quand il se crut très loin, il s'accrocha à une touffe de joncs et regarda la distance parcourue. Soudain, voilà qu'un grand garçon saute en zigzag par-dessus la haie du jardin. Il se précipite sur le costume. Il étend ses mains comme des chauves-souris. Francinet essaye de crier, sa gorge devient aussi raide qu'un tuyau de fer. Mais, oh! le costume se lève, se gonfle de vent et s'envole comme un oiseau. Le grand garçon se sauve. Le costume se tord en l'air, puis s'abat devant la maison. Francinet court se rhabiller. Et voilà.

Francinet et le costume continuaient à grandir. Quand Francinet eut treize ans, sa mère chercha partout du travail pour lui. Elle n'en trouva pas. Il y avait des jours où la cousine grognait :

— C'est tout de même malheureux d'avoir des grands feignants qui viennent vous manger votre pain.

Il y avait d'autres jours où elle geignait :

— C'est tout de même malheureux, à mon âge, d'avoir des bouches inutiles à nourrir.

La mère de Francinet devenait rouge, elle agitait les bras et criait à son fils :

— Allons, remue-toi un peu, va scier du bois, va chercher de l'eau, laboure le carré de pommes de terre.

Ces besognes fatiguaient Francinet. La nuit, sa mère lui chuchotait :

– Va, n'aie pas peur, on va bientôt s'en aller.

Mais Francinet et sa mère ne partaient pas, parce qu'ils ne savaient pas où aller.

Quelquefois, Francinet regardait couler la rivière. Quelquefois, il la regardait si longtemps qu'il oubliait qu'il était Francinet et que la rivière était la rivière. Il ne faisait plus qu'un avec elle. D'autres fois, il s'imaginait qu'il partait sur la rivière. Pour bateau, il prenait le baquet à lessive et pour voile son costume gris. Le courant l'emportait, les rives le regardaient passer. Il était ballotté par des tempêtes douces et un jour il arrivait jusqu'à la mer. Les vagues montaient et redescendaient comme le manège à la fête. Il abordait sur une terre sauvage. Il plantait sa tente près d'une rivière, la rivière de la cousine. Et la tente, c'était son costume gris.

Mais on ne peut pas vivre sans le sou. Aussi la mère de Francinet prit-elle un jour en cachette le costume gris et alla le vendre à la ville. Elle revint avec des provisions et une salopette pour Francinet. La semaine suivante, elle lui trouva du travail. Au commencement, Francinet était triste sans son costume gris, puis il se consola en se disant: «Je suis bien trop grand pour avoir un costume enchanté.»

Troll et Girolle

Troll, le petit médecin des animaux, avait eu une jambe écrasée par un quartier de roc, alors qu'il escaladait la montagne pour aller secourir un chamois blessé par un chasseur.

Il avait remplacé sa jambe par un morceau de branche de chêne. Et, clopin-clopant, cahin-caha, il continuait à parcourir le pays pour soigner les bêtes malades. Mais cela lui était dur. D'autant plus qu'il se faisait très vieux, le petit Troll. Il avait de plus en plus de mal à se tirer de son terrier par tous les temps, à toute heure du jour ou de la nuit, pour répondre aux cris d'appel des bêtes en détresse. Et son diagnostic n'avait plus la sûreté d'autrefois. Il se traitait de bon à rien parce que son ouïe avait perdu de la finesse : quand il collait son oreille poilue contre les œufs prêts à éclore, il n'entendait plus les oisillons pépier au-dedans.

Sa vue aussi baissait. Quand il mirait les œufs, il n'aurait plus su dire, comme jadis :

– Compliments, voisine fauvette, ce sera un petit. Ah, et ça, une petite !

Ou bien :

– Attention, commère linotte, celui-là sera un peu chétif, faudra bien le surveiller.

De loin, il ne distinguait plus la sauterelle de la feuille qu'elle cherchait à imiter. Il devenait tout gourd. Quand il s'asseyait sur un arbre abattu pour traire les biches et voir si leur lait était assez nourrissant pour leurs faons, ses doigts courtauds n'avaient plus la légèreté d'autrefois, il tirait sur les pis et les biches avaient peine à réprimer un frémissement d'impatience.

Désagrément plus grave encore, ses idées commençaient à se sauver un peu par-ci, par-là : il se surprenait à siffler avec le rossignol et à chanter avec le merle.

Heureusement que Girolle l'aidait, Girolle la petite fille des bûcherons, sa grande amie. Comme cela faisait mal à Troll de se baisser, lui pourtant si court, si près de la terre, c'est Girolle qui cueillait les simples dont il confectionnait ses remèdes. Quelquefois, il lui jetait ses herbes à la figure en criant :

– Mais, tonnerre de vipère, c'est pas de la centaurée, tu t'es encore trompée, c'est de la bardane.

Girolle ne se laissait pas rebuter par l'humeur de plus en plus massacrante de Troll. Elle grimpait aux arbres et lui rapportait les petits oiseaux palpitants qu'il fallait soupeser pour voir s'ils profitaient bien. Elle s'enfonçait dans la vase de la mare pour ramener vers Troll les têtards qui avaient du mal à devenir grenouilles.

Après ces équipées, Girolle revenait le soir dans la cabane de ses parents si sale, si déchirée et couverte d'écorchures qu'elle n'échappait pas à la volée de bois vert. Mais rien ne pouvait l'éloigner de Troll et le matin, en allant à l'école, elle faisait un crochet pour passer par chez lui.

La petite fille était juste de la même

taille que le vieux nain et, quand il était sorti, elle en profitait pour se glisser dans son terrier et y faire le ménage. Elle balayait avec une brassée de genêts, elle aérait la paillasse de fougères. Elle allumait le feu entre les deux grosses pierres noircies du foyer et faisait dans la petite marmite cabossée des confitures de fraises, d'airelles, de mûres et d'églantines. Elle préparait la salade de pissenlits et de cresson. Elle faisait cuire la soupe de plantain, d'orties blanches, de thym et de sauge. Elle se privait du pain de son goûter pour le donner à Troll. Même les plus durs travaux lui plaisaient du moment qu'il s'agissait de rendre service à Troll: elle allait à la source laver ses rêches chemises tachées de sang et de pus de bêtes. Elle accrochait à une branche ses vêtements rugueux où s'étaient collée la boue, enfoncés les chardons et les ronces et elle les brossait à tour de bras. Elle décrottait sa jambe de bois et sa botte qui avaient cheminé dans toutes les pistes de la forêt et toutes les sentes de la montagne, à travers champs et prés, qui avaient traversé les rivières à gué, s'étaient enfoncées dans les bourbiers et à moitié enlisées dans les marécages pour secourir les bêtes puantes ou grouillantes.

Souvent le soir à la veillée, Troll s'asseyait sur une grosse pierre à l'entrée de son terrier, Girolle s'asseyait par terre en face de lui, lui ravaudant sa veste ou reprisant ses chaussettes déteintes. Troll bourrait sa pipe de feuilles sèches et tandis que s'élevait de l'étang proche le coassement des grenouilles, il révélait à la petite fille ses secrets de guérisseur. Il lui racontait aussi sa vie : la clé qu'il avait trouvée dans le ventre d'un brochet et qui lui avait servi à délivrer un prisonnier, l'aigle qui l'avait enlevé dans les airs pour le donner en pâture à ses petits et dont il était devenu l'ami après avoir guéri un des aiglons de la gangrène ; les braconniers qui avaient enfumé son terrier et le renard qui, avec ses dents, l'avait traîné inanimé jusqu'à l'air libre.

En écoutant ces histoires, les joues criblées de taches de rousseur de Girolle s'empourpraient d'émerveillement, son nez pareil à un petit champignon se plissait d'attention, ses yeux couleur de noisette brillaient. Girolle était tellement captivée que quelquefois elle en laissait glisser son aiguille dans l'herbe ou bien c'est le caillou qui lui servait d'œuf à repriser qui tombait. Le bruit rappelait

Troll à la réalité, il disait d'un ton bourru : « Ah ça, il fait noir, tu n'y vois plus, tu veux te crever les yeux ? Il se fait tard, il faut aller dormir, allons, file chez toi, et plus vite que ça, allez ouste. »

Et il posait sa grosse patte jaune aux doigts courts sur le petit fagot de cheveux brunâtres de la fillette. Elle fourrait vivement son fil et ses aiguilles dans la poche de son tablier et elle courait d'une traite entre les arbres, jusqu'à sa cabane dont la fenêtre éclairée la guidait de loin.

Troll la suivait des yeux, un sourire caché dans les poils de sa barbe et puis il descendait le raidillon de son terrier en geignant un peu.

Un matin, en allant à l'école, Girolle, courant, trébucha sur quelque chose en travers du sentier : Troll, inanimé, la grosse tête aux cheveux d'argent du nain couverte de sang. Il avait reçu une décharge de chevrotine. Girolle, courageuse, rapide, prit Troll dans ses bras, en serrant les dents sous le poids, le porta jusqu'à son terrier et le coucha sur son lit de fougères, déboucha le bocal de prunelles à l'eau-de-vie qu'elle lui avait préparées pour l'hiver, imprégna d'eau-de-vie son mouchoir et en lava la blessure, puis versa quelques gouttes de la liqueur entre les grosses lèvres du nain. Troll ouvrit ses petits yeux noirâtres dilatés par le délire, ses petits yeux bridés qui en avaient tant vu. Il cria :

— Amène-moi la prairie, je veux voir la prairie avant de mourir.

Girolle sortit en courant et lui rapporta une grosse motte d'herbes vertes. Troll caressa les herbes, les tira un peu en riant de joie, commença à les tresser comme une natte de petite fille et à sucer une herbe acide qui avait le goût de sa jeunesse. Mais tout d'un coup, il se mit à crier :

– Le lac ! Dis au lac de venir, je veux lui dire adieu.

Girolle courut puiser au lac un baquet d'eau claire, elle y mit flotter un nénuphar et l'apporta à Troll en disant :

– Le lac est arrivé.

Le gnome plongea dans l'eau sa petite main calleuse et un sourire de bonheur se faufila entre ses moustaches. Mais bientôt il grogna :

– La montagne, où est-elle ? Pourquoi n'est-elle pas là ? Il me la faut.

Girolle ressortit en hâte. Elle courut jusqu'à la montagne et, sur ses petits pieds d'enfant épuisée, elle gravit les pentes dures hérissées de pierres qui roulaient sous ses pas. La sueur collait sa tignasse châtaine. Au soir, elle arriva aux neiges éternelles, prit dans sa main une poignée de neige et la rapporta aussi vite qu'elle put à Troll :

— Tiens, la montagne s'est dépêchée de venir te dire au revoir.

Le gnome serra la boule de neige dans ses petits doigts tannés et chuchota :

— Oui, elle est fraîche. Mais la forêt ?

Alors Girolle se mit à chanter pour imiter le vent dans les branches et les oiseaux. Et, l'écoutant, Troll se mit à mourir.

Aussitôt, averties par leur instinct, une foule de bêtes envahit le terrier. Un chat sauvage se coucha en miaulant sur la poitrine velue de Troll, une hermine lécha sa main dure comme le nœud d'un arbre, un chardonneret se percha sur la pointe de sa botte. Un couple de chamois attelés à un traîneau de branches entrecroisées par les oiseaux était venu se ranger devant le terrier. Girolle coucha son ami sur le traîneau qui s'ébranla. Tous les oiseaux de la forêt à l'unisson entonnèrent une marche funèbre. Les fleurs sonnèrent. Les fourmis rousses et les fourmis brunes en longues files suivaient le traîneau, les escargots se hâtaient, les grenouilles sautaient en avant. Très haut dans le ciel, une bande de canards sauvages survola le convoi.

Les écureuils inquiets regardaient entre deux feuilles. Les fleurs s'étaient jetées en guirlandes d'une branche à l'autre. Les lapins de garenne suivaient un instant le convoi, puis, effrayés, se sauvaient dans toutes les directions. Un lièvre sauta par-dessus le traîneau. Le couple de chamois s'arrêta au cœur de la forêt, au milieu de la plus belle clairière.

Les renards, les blaireaux, les taupes, les fouines creusèrent la tombe. Les oiseaux la tapissèrent de fin gravier, de mousses, de crins et de plumes qu'ils s'arrachaient. Girolle y coucha son ami. Les vers à soie entourèrent son corps trapu d'un cocon jaune d'or. Insectes et oiseaux déposèrent auprès de lui des graines, les écureuils lui apportèrent des châtaignes, des noisettes et des champignons séchés. Un ours brun fit son apparition et se balança en grognant au-dessus de la fosse.

De leurs sabots, de leurs pattes, de leurs cornes, les bêtes recouvrirent Troll de ce terreau qu'il avait tant foulé dans ses courses. Quatre vers luisants s'allumèrent aux quatre coins de la tombe. Girolle y transplanta un églantier.

Le soir même, comme elle rentrait à sa cabane après avoir lavé à la source son visage tuméfié par les larmes, elle trouva deux cerfs qui ne pouvaient plus bouger. Ils s'étaient si farouchement battus en duel pour la conquête d'une biche que leurs bois étaient inextricablement emmêlés. Girolle, de ses petites mains brunes, réussit à les libérer.

Et elle continua toute sa vie à remplacer Troll, à porter secours à toutes les bêtes de la forêt, de la prairie, de la montagne et du lac.

L'Idiot et la fée

Il était une fée qui n'avait reçu d'autre mission que d'être la marraine d'un enfant. Mais les naissances se faisaient si rares dans le pays que la fée ne réussissait pas à trouver de filleul. Elle se désolait, quand un matin elle apprit la venue au monde d'un héritier du trône.

Dansant et volant de joie, la fée se hâta vers le palais royal. Par la fenêtre ouverte, elle entra à tire-d'aile et s'approcha du lourd lit doré à baldaquin où reposaient la souveraine et l'enfant.

– Toi, la marraine du prince, tu n'y songes pas! s'écria la reine après avoir écouté la fée. Mon fils sera parrainé par sept amiraux de la mer, baptisé par sept archevêques de l'église, gardé par sept archanges du ciel. Tu vois qu'il n'a que faire d'une frêle créature comme toi.

La fée se réenvola. Son vol, à l'aller plus audacieux que celui des hirondelles, devenait, depuis sa déception, hésitant et gourd comme celui des hannetons.

Elle remarqua un convoi de bohémiens qui s'étirait sur la route, avec leurs roulottes, leurs bêtes, leurs cris, et, merveille des merveilles, leur marmaille déguenillée. La fée descendit en tourbillonnant au milieu des romanichels et leur dit:

– Je veux être la marraine d'un de vos enfants! Garçon, fille, n'importe, donnez-moi un des vôtres pour filleul, je veillerai sur sa destinée.

Une grêle de quolibets accueillit la proposition :

— Eh ! Tu crois qu'on se fait mouiller à l'eau bénite, nous ? On ne baptise ni notre vin ni nos gosses. On n'aime pas l'eau. Pas de baptême, pas de marraine, pas de chichis. Allez, file, sale oiseau.

Et la fée dut s'enfuir dans les airs, poursuivie à coups de pierres. Elle était si lasse qu'elle fit bientôt halte sur la branche d'un chêne, où était perchée une pie.

— Ne connais-tu pas, demanda-t-elle à l'oiseau, un enfant dont je pourrais être la marraine ?

— Que si ! répondit la pie. Au fin fond de la province, dans une petite ville, dans une petite rue retirée, une épicière vient de donner le jour à une fille.

— Que je suis heureuse ! s'écria la fée. J'y vole.

— Attends, dit la pie. Tu ne connais pas le chemin. Avec mon bec, je vais sur cette feuille te tracer l'itinéraire.

— Merci, merci ! dit la fée, arrachant la feuille de chêne, caressant la pie à rebrousse-plume et s'élançant dans l'air.

Très haut dans le ciel, traçant dans son vol des arabesques d'allégresse, la fée se disait : « Une épicière ne sera pas dédaigneuse comme la reine ni sauvage comme ces gitans. Elle sera flattée d'avoir une fée pour marraine de sa fille. Je suis déjà folle de ma filleule. Je lui apprendrai à travailler comme les abeilles et à se taire comme les fleurs. »

Par la porte entrebâillée, la fée

pénétra dans la chambre de l'épicière. Au fond de son grand lit de noyer ciré, sous son gros édredon rouge, dans sa camisole blanche à festons, l'épicière dormait. L'héritière de toutes les épices dormait, elle aussi, dans son berceau en ronce de noyer aux rideaux amidonnés. Au léger froissement d'ailes que fit la fée en s'approchant du berceau, l'épicière s'éveilla en sursaut. Quand elle vit la créature éthérée qui se penchait sur sa fille, elle ouvrit la bouche pour appeler au secours. Mais la visiteuse la rassura :

— Madame, je suis fée. J'ai choisi votre enfant pour filleule. Elle est irrésistible, avec son nez qui ressemble à une des boules de gomme dans les bocaux de votre boutique et ses poings comme des petits oignons. La voici qui ouvre les yeux ! ses yeux guère plus grands que deux grains de poivre.

— Ça ne serait pas de refus, répondit l'épicière, que je vous aurais prise comme marraine. Seulement, voyez-vous, il faut bien vous dire, vous n'offrez pas les garanties suffisantes, on ne vous connaît pas dans le quartier. Une fée dans ses relations, ça marque mal, ça n'a pas l'air sérieux, ça n'est pas comme il faut. La bijoutière s'est presque proposée comme marraine. Vous comprenez bien que je peux pas risquer de la rater, elle, pour vous donner la place à vous. Sans compter qu'elle a offert à la petite une broche de bavoir en plaqué or.

Sans répondre un seul mot, la fée, jetant un regard de regret sur l'enfant, fit une profonde révérence et s'en alla.

Elle volait très bas, maintenant, du

vol boitillant des chauves-souris. Au soir, elle arriva à un village. Ses ailes étaient déchirées d'avoir trop volé, ses yeux brûlants d'avoir trop scruté la campagne en quête d'un filleul. Les pétales de sa jupe s'étaient fanés sur elle. Elle demanda aux passants :

— Chers inconnus, est-ce que l'un de vous ne pourrait m'héberger pour la nuit, dans un coin, n'importe où ? J'ai si froid que mes ailes frissonnent comme des feuilles de tremble. J'ai si sommeil que je m'endors en volant et j'ai tellement faim que je crois bien que je mangerais un morceau de sucre entier.

Mais les villageois repoussèrent la fée en disant que les honnêtes gens n'ouvrent pas comme cela leurs portes à tout venant. Quelqu'un, par dérision, lui lança :

— Eh! T'as qu'à aller loger chez l'Idiot.

Au milieu de la risée générale, la fée demanda :

— Où vit-il, celui que vous appelez l'Idiot ?

On lui montra sa cabane à l'entrée du bois. Titubant de fatigue, la fée s'y rendit. Elle passa sa tête couronnée d'herbes des champs dans l'embrasure de la cabane et vit l'Idiot assis sur sa paillasse. C'était un garçon difforme, avec un crâne en pain de sucre, la bouche ouverte, la lèvre pendante et des yeux limpides sans une lueur de raison. La fée tressaillit de tendresse et lui dit :

— Mon enfant, je viens de très loin pour toi. Je t'ai cherché à travers tout le pays. Enfin, je te trouve.

— Hé bé, répondit l'Idiot.

La fée s'approcha et mit un baiser sur le front bas de l'Idiot, qui sentit se débattre dans sa tête comme un oiseau captif.

La fée s'assit sur la paillasse à côté de l'Idiot, l'effleurant de ses ailes, et l'Idiot se prit à trembler.

De son plus doux regard, la fée contempla l'Idiot, dont les yeux hébétés soudain débordèrent de larmes.

Maintenant, on a parfois la chance de trouver sur les foires des paniers que l'on s'arrache à prix d'or, car on dirait des nids de phénix ou des chapeaux de princesses. Ce sont les corbeilles que la fée a appris à tresser à l'Idiot.

Certaines nuits, on entend s'élever la voix même de la joie. C'est l'Idiot qui chante les airs que lui a appris sa marraine.

Et si vous avez besoin d'un conseil dans un cas épineux, allez consulter l'Idiot, le filleul de la fée.

La laveuse de vaisselle

Il était une fois une petite servante qui lavait la vaisselle toute la journée. À force de refléter l'eau grasse, ses yeux en avaient pris la couleur grisâtre. Ses cheveux ressemblaient à une lavette. Pour accompagner le bruit des casseroles, elle chantait :

> *La bassine est un étang, oh !*
> *Les assiettes sont de beaux vaisseaux,*
> *Je trempe mes mains dans l'eau*
> *Pour les rafraîchir, oh !*
> *La bassine est d'or, l'eau est d'argent,*

Les assiettes sont de diamant,
Je vois les reflets du firmament
Dans mon beau bassin blanc
Oh !

En réalité, Perpétue la petite laveuse de vaisselle lavait des assiettes tout à fait ordinaires, en faïence blanche. La bassine était de fer. Et si Perpétue trempait dans l'eau bouillante ses doigts rougis et gonflés, ce n'était pas, bien sûr, pour les rafraîchir, mais parce qu'elle y était obligée par la patronne du *Coq Bleu*, le restaurant où elle recevait gîte et pitance.

L'évier de Perpétue se trouvait dans l'arrière-cuisine, au-dessous d'un soupirail grillagé. Perpétue ne voyait jamais que le bas du mur d'en face et les pieds des passants.

Or, un jour qu'elle lavait la vaisselle comme tous les autres jours, Perpétue, croyant sortir de la bassine une des fourchettes d'étain du restaurant, ramena à elle une fourchette d'or, dont le manche d'ivoire représentait un ange aux ailes croisées.

Perpétue resta saisie, sa lavette usée et sa fourchette d'or tremblant dans ses mains gercées. Elle était sûre de ne pas avoir vu le joyau dans l'évier, au moment où elle avait plongé les couverts dans l'eau. Il allait falloir informer la patronne du *Coq Bleu*. Perpétue s'apprêtait à aller lui porter sa trouvaille, quand un rat se glissa du ruisseau entre les barreaux de la fenêtre, traversa la bassine à la nage et disparut en disant à Perpétue :

– Garde la fourchette d'or, elle est à toi.

Perpétue serra l'ange d'ivoire sur son cœur et, de joie, elle se mit à rire pour la première fois depuis qu'elle était en service.

Un oiseau, l'entendant rire, vola dans la cuisine, se percha sur le bord de la bassine, but trois gorgées de l'eau encore un peu claire et chanta :

— Lave la fourchette d'or sept fois dans sept eaux et mets-la sept nuits sous ton oreiller.

Perpétue courut dans la cour jusqu'au puits et, tremblante de joie, lava sa fourchette d'or sept fois dans sept seaux d'eau claire. À chaque bain, la fourchette scintillait plus vivement et, quand Perpétue l'eut essuyée sur son tablier rapiécé, son éclat devint presque insoutenable. La petite fille cacha le trésor dans sa chemise et retourna continuer sa vaisselle. De temps en temps, elle passait sa main sur sa poitrine maigre pour voir si la fourchette était toujours là.

Le soir, Perpétue ne put monter se coucher qu'à minuit, car elle avait eu à laver la vaisselle d'un banquet. Mais, malgré son dos qui lui faisait mal et sa tête qui tournait, elle était heureuse. Elle gagna son grabat au fond du grenier, elle sortit sa fourchette d'or et la glissa sous son oreiller de paille après avoir embrassé l'ange. Puis, à moitié endormie déjà, elle se déshabilla, étendit ses hardes sur sa couverture et se coucha.

Pendant la nuit, elle rêva qu'elle mangeait avec la fourchette d'or une bouchée à la reine. L'oiseau qui lui avait parlé le matin était perché sur son épaule et, de temps en temps, il se penchait pour picorer dans la bouchée. Le rat était à ses pieds et elle lui jetait des miettes.

Le lendemain matin, en buvant sa chicorée amère et en mangeant son morceau de pain dur, elle savourait encore par le souvenir les champignons et le ris de veau de la bouchée à la reine.

L'oiseau de la veille vint la voir au moment où elle remplissait sa bassine et elle le laissa boire trois gorgées d'eau.

L'oiseau s'envola et le rat apparut entre deux barreaux du soupirail. Perpétue lui donna quelques débris qui étaient restés au fond des casseroles et elle avança la main pour le caresser. Mais il se sauva.

La nuit suivante, Perpétue rêva qu'elle mangeait un grand poisson doré, nageant dans une sauce sombre et capiteuse. L'oiseau buvait le vin de son verre et le rat grimpait le long du pied de la table pour prendre part au festin.

Le lendemain, elle reçut de nouveau la visite de ses amis. L'oiseau lui chanta à l'oreille un petit air de musique et le rat, qui commençait à s'apprivoiser, se laissa caresser.

La nuit, Perpétue rangea comme de coutume la fourchette sous son oreiller et elle rêva qu'elle mangeait un gigot qui fondait dans la bouche. À elle seule, elle mangea le gigot tout entier jusqu'à l'os. Ce n'est pas trop quand on a faim depuis des années. Le rat grimpa dans son assiette pour ronger l'os nu et l'oiseau enfonça la tête dans son gobelet, pour boire du bout du bec une goutte de vin vieux qu'elle y avait laissée.

Le lendemain, le rat vint la trouver comme d'habitude. Mais elle n'avait rien à lui donner et il lui mordilla les doigts pour calmer sa faim. L'oiseau fit aussi son apparition, mais l'eau de la bassine était déjà trop sale pour qu'il pût en boire. Il poussa un cri et s'envola.

La nuit, dans son rêve, Perpétue mangea des petits pois nouveaux, verts comme l'herbe, elle qui n'avait jamais mangé que des pois chiches depuis qu'elle était en service. L'oiseau déçu donna trois coups de bec contre la timbale que Perpétue avait vidée jusqu'au fond, cette fois, et le rat en colère donna trois coups de nez sur l'assiette que la petite fille avait nettoyée avec son pain, jusqu'à la rendre lisse comme un miroir.

Le lendemain, l'oiseau arriva quand l'eau de vaisselle était déjà vidée et il fit claquer son bec assoiffé. Pour le consoler, Perpétue lui dit:

– Arrache quelques-uns de mes cheveux pour mettre dans ton nid, c'est tout ce que j'ai à t'offrir.

Alors l'oiseau se percha sur la tête de la laveuse de vaisselle et s'envola en tenant dans son bec un de ses cheveux pareils à des fils de lavette. Dès que l'oiseau eut disparu, le rat sortit sa tête du trou de l'évier. Il était de plus en plus affamé. On voyait ses côtes sous sa peau grisâtre. Perpétue, qui venait de récurer à fond toutes les casseroles, n'avait plus une miette à lui donner, mais pour calmer sa faim, elle lui laissa manger un petit morceau de son tablier.

La nuit Perpétue savoura en rêve du fromage de Roquefort, avec du pain de fantaisie et du beurre frais. Le rat et l'oiseau étaient assis sur des petites chaises à sa droite et à sa gauche. L'oiseau tenait dans la patte un petit couteau d'or pour couper son fromage et le rat mangeait dans une petite assiette d'argent.

Le lendemain, l'oiseau ne vint pas et Perpétue sentit son cœur se serrer d'inquiétude. Mais par le soupirail, le vent poussa jusqu'à l'évier une de ses plumes grises. Perpétue se dit: «Pourvu que l'oiseau ne soit pas mort.»

Et elle sortit de sa poche le croûton de son dîner, qu'elle avait gardé pour le rat. Mais il ne vint pas non plus. Perpétue vit seulement un de ses poils gris qui arrivait vers elle en flottant sur l'eau de la bassine. Elle se dit: «Pourvu que le rat ne soit pas mort.»

La nuit, Perpétue mangea en rêve une coupe de fruits glacés. Le rat et l'oiseau étaient assis en face d'elle, des serviettes damassées attachées autour de leurs cous.

Le lendemain, ils arrivèrent ensemble, ce qu'ils n'avaient jamais fait auparavant. L'oiseau était tout déplumé, il s'était échappé de la gueule d'un chat et le rat avait perdu sa queue dans un piège.

Cette nuit-là était la septième et Perpétue mit une dernière fois sa fourchette d'or sous l'oreiller, en se demandant ce qu'elle pourrait encore bien lui apporter. Elle s'endormit les mains croisées, mais, vers le milieu de la nuit, sentit un souffle passer sur elle. Elle s'assit en sursaut et reconnut l'ange d'ivoire, qui battait des ailes au-dessus de son lit. Il était devenu si grand qu'il devait se pencher pour que sa tête ne touchât pas le plafond. L'ange prit entre ses bras le corps maigre de la petite laveuse de vaisselle et la mena droit en Paradis.

L'oiseau déplumé volait devant eux et le rat sans queue trottait derrière.

La même nuit, les dents d'or de la fourchette, dressées sur leurs pointes, allèrent en dansant déchirer la bouche de la patronne qui avait fait bonne chère pendant que sa servante jeûnait. La patronne poussa un cri et, d'un saut, la fourchette d'or se planta dans son cœur.

Au matin, la patronne du *Coq Bleu* était morte. Quand les héritiers voulurent éveiller la petite servante pour qu'elle nettoyât tout, ils ne trouvèrent sur son grabat qu'un peu de sueur brillante.

Naz l'épouvantail

Une mère contemplait sa fille, couchée dans un berceau près d'elle, quand un crapaud entra par l'entrebâillement de la porte, sauta sur l'oreiller du bébé et dit :

— Je viens faire à ton enfant le don de laideur.

Ce disant, il cracha un filet de venin sur le petit visage qui se couvrit aussitôt de pustules.

La mère atterrée n'avait pas encore eu le temps de pousser un cri, qu'une oie entrait dans la chambre en se dandinant. Elle vola lourdement jusque sur le rebord du berceau et dit :

— Petite, je t'accorde le don de bêtise.

Aussitôt le visage de l'enfant prit une expression stupide. Les yeux de la mère s'emplirent de larmes. Avant qu'elles n'aient glissé sur ses joues, une vieille apparut dans l'embrasure de la porte. Clopinant et branlant entre deux béquilles, elle s'approcha du berceau et marmonna :

— Enfant, je viens t'apporter un beau don : la faiblesse.

L'enfant poussa un gémissement. La vieille disparut, le crapaud sur ses talons, l'oie voletant à ses côtés.

Naz, la petite fille, grandit, mais si laide qu'elle était pour tous un objet d'horreur, si bête qu'elle ne put jamais apprendre l'abc et si faible que c'est à peine si elle arrivait à soulever son pain jusqu'à sa bouche. Sa mère ne tarda pas à mourir de chagrin. Son père, ne pouvant plus supporter à la maison une créature si disgraciée, la plaça dans une ferme lointaine. Il s'efforça d'oublier sa misérable fille et cessa même de payer sa pension. Les fermiers, ne voulant pas nourrir l'enfant pour rien, cherchèrent à quoi ils pourraient l'employer. Mais elle était si sotte qu'on ne pouvait lui confier la garde d'un troupeau, elle aurait laissé toutes les bêtes se disperser. Et si faible qu'elle n'aurait même pas réussi à tirer un seau d'eau au puits. Tout d'un coup, la fermière dit à son homme :

— Mais, je pense… elle nous servira d'épouvantail pour protéger le verger. Laide à faire peur comme elle est, jamais les moineaux n'approcheront.

Le fermier s'esclaffa. On alla chercher Naz qui somnolait dans l'écurie et on la mena au milieu du verger. Pour que l'envie ne la prît pas de s'en aller ni de s'asseoir, on l'attacha à un arbre. Et les oiseaux, en effet, furent effrayés par cet épouvantail à la face pustuleuse, aux yeux globuleux, à la chevelure en nids de serpents.

Cependant, plus hardi que les autres, un couple d'oiseaux des îles échappés de leur cage osa se poser sur l'épaule tordue de Naz. Le mâle bleu, de son bec, cueillit une des larmes qui roulaient lourdement sur la joue bouffie de l'enfant. De sa patte, il arracha quelques-uns de ses cheveux semblables à des racines terreuses. La femelle verte chanta pour Naz l'épouvantail une chanson des îles, qui fit redoubler les larmes de la pauvrette, car, en l'écoutant, l'envie lui venait de danser et elle était attachée, si serré même que le sang perlait. L'oiseau, de son bec, cueillit une goutte rouge au poignet de Naz et de la patte arracha un fragment de sa robe, déteinte comme un ciel de pluie, élimée comme une feuille morte dont il ne resterait que les nervures.

À tire-d'aile, le couple regagna sa demeure. Ils se perchèrent sur les deux genoux du jeune seigneur, leur maître, qui ne se consolait pas de leur fugue. L'oiseau bleu laissa tomber dans le creux de sa main la larme de Naz.

– Tu me rapportes une goutte d'eau à boire, mon oiseau, dit le seigneur. De quelle source ?

Il porta la goutte à ses lèvres et fit une grimace :

– Jamais de ma vie je n'ai rien goûté de si amer.

L'oiseau laissa tomber sur sa main la petite mèche de cheveux.

– Tu m'apportes des épines, oiseau? De quel buisson?

Il les froissa entre ses doigts et dit:

– Jamais de ma vie je n'ai rien touché de si rêche.

L'oiseau vert à son tour tendit au bout de sa patte le petit lambeau arraché à la robe de Naz:

– Qu'est-ce? dit le seigneur. Est-ce un pétale de fleur fanée?

L'oiseau fit couler dans le creux de sa main la goutte de sang cueillie au poignet de Naz.

– C'est du vin que tu m'apportes? dit le seigneur. Où l'as-tu volé?

Les deux oiseaux saisirent le seigneur

par ses vêtements et voulurent l'entraîner : « Oh! bien », dit-il. Il posa sur sa tête la couronne comtale, jeta sur ses épaules le manteau de pourpre, courut à l'écurie et sauta en selle. La femelle s'était posée sur son poing, le mâle volait en avant pour le guider.

Sur son blanc cheval, le jeune seigneur laissa loin derrière lui sa demeure et sa ville. Il se disait :

« Je veux connaître la source d'eau amère, les herbes dures, la fleur sans couleur et la vigne du vin volé. »

Le couple d'oiseaux guida le seigneur jusqu'au verger où pleurait Naz. En trois foulées de son cheval, malmenant les branches, le seigneur fut auprès d'elle. Il vit ses larmes tomber, son sang perler. Ses cheveux qu'elle ne pouvait écarter, ayant les mains liées, balayaient son visage. Le vent déchirait sa robe usée.

— Ah, dit le jeune seigneur, sautant à terre et la serrant dans ses bras, je n'aurai plus jamais soif, maintenant que j'ai trouvé la source amère et le vin précieux. Il ne me faut plus rien, maintenant que j'ai atteint le buisson épineux et la fleur aux pétales déchirés.

Naz balbutia et ne pouvant, à cause des liens, détourner sa tête honteuse, elle ferma les yeux. De son épée, le seigneur trancha les liens. De son mouchoir, il lui essuya les yeux. Il arracha le devant de sa chemise pour panser ses poignets blessés. Il l'enveloppa dans son manteau de pourpre. Il ôta sa couronne d'or et la posa sur la tête aux rêches cheveux. Il couvrit et couvrit de baisers Naz qui se débattait faiblement. Il s'enleva avec elle sur son blanc coursier et ils galopèrent vers leur destin.

Les oiseaux Cris-de-la-Princesse

Il était une princesse écœurée du monde. Elle se serait donné la mort, si elle avait su tuer son âme. Une nuit, elle s'enfuit de son palais. Elle alla jusqu'à ce qu'elle tombât d'épuisement et de tristesse. Couchée par terre, elle pleura sur la bassesse des êtres et la fragilité des choses. Ses pleurs devinrent un lac.

Les yeux secs, puisqu'il ne lui restait plus de larmes, la princesse continua son chemin. La tristesse et l'épuisement la forcèrent à s'arrêter. Debout contre le ciel, elle cria de désespoir. Ses cris devinrent une nuée d'oiseaux sauvages.

La princesse continua son chemin, les yeux secs et la bouche close, puisqu'elle n'avait plus larmes ni voix.

Elle marcha jusqu'à ce que l'accablement la fît tomber sur les genoux. Si violente était sa douleur qu'elle arracha ses cheveux par poignées. Ses cheveux devinrent les arbres d'une forêt. Elle continua son chemin.

– Qu'est ceci ? dirent les voyageurs en trouvant leur route habituelle barrée par un lac.

– Je suis le lac, je suis le lac Larmes-de-la-Princesse.

L'eau de ce lac n'était pas douce, mais amère comme les larmes dont il était né. Si les cygnes glissaient sur son onde, le lac frissonnait de déplaisir.

Quand les nénuphars s'épanouissaient a sa surface, le lac se soulevait en remous offensés. Il se retirait de ses rives pour ne pas baigner les pieds des roseaux.

Une nuit que la lune se mirait dans son eau, le lac se troubla et fit monter du fond toute sa vase pour déformer l'image reflétée.

«Comme je suis laide cette nuit», pensa la lune.

Si une laveuse voulait rincer son linge dans l'eau du lac, le lac lui envoyait une vipère ou des moustiques venimeux. Si des baigneurs venaient s'y plonger, le lac les enserrait dans ses lianes et agitait ses vagues pour leur faire croire qu'il était dangereux. Le lac Larmes-de-la-Princesse était si écœuré du monde qu'il finit par s'enfoncer dans le sol pour ne plus rien voir. Il devint un lac souterrain.

– Qu'est ceci ? dirent les voyageurs en trouvant leur chemin habituel barré par une forêt.

– Nous sommes la forêt, la forêt Chevelure-de-la-Princesse, répondirent les arbres.

La forêt sortait toutes les griffes de ses épines et enchevêtrait ses ronces pour empêcher quiconque d'y pénétrer. Elle étalait ses feuilles de manière à arrêter le moindre rayon de soleil. Quand des oiseaux bâtissaient leurs nids à la fourche de ses branches, la forêt tremblait d'indignation et s'agitait dans l'espoir de briser les œufs. Si une fougère réussissait à pousser entre ses fourrés, la forêt frissonnait de répulsion et cherchait à l'étouffer. Au lieu de chanter sous l'archet du vent, comme toutes les forêts du monde, celle-là ne laissait échapper que des imprécations discordantes.

« Comme je joue mal », se disait mélancoliquement le vent chaque fois qu'il passait par là.

La forêt Chevelure-de-la-Princesse était si écœurée de la vie et des vivants qu'elle finit par rentrer sous terre. Ses arbres desséchés et noirs devinrent pareils à des empreintes préhistoriques sur la houille.

– Qu'est ceci ? dirent les autres oiseaux en voyant les grands voiliers au plumage couleur de cendres et de nuées d'orage, qui ne savaient pas chanter, mais seulement pousser des cris désespérés.

– Nous sommes les oiseaux, nous sommes les oiseaux Cris-de-la-Princesse.

Quand le soleil se levait, ils faisaient entendre un gémissement encore plus lugubre et cachaient leur tête sous leurs ailes.

« Suis-je donc si triste à voir ? » se demandait le soleil inquiet.

Ils ne construisaient pas de nids et se nourrissaient de l'obscurité de la nuit. Ils étaient si offensés par la création et les créatures qu'ils finirent par s'enfoncer dans la terre, avec les racines et les morts.

Une vieille femme marchait. Son visage raviné par les ans et les peines brillait pourtant de joie. De ses yeux déteints aux paupières rougies s'échappait un regard lumineux.

La vieille femme, fatiguée, s'assit et entendit, venant d'en bas, des pleurs.

– Qui pleure ? Qui pleure ici sous terre ?

– C'est le lac, c'est le lac Larmes-de-la-Princesse.

– Lac, reviens à la surface, j'ai soif de ton eau.

Une gouttelette apparut sur la prairie, un filet d'eau suinta entre les herbes, l'eau ruissela et bientôt le lac entier s'étendit dans la plaine. La vieille femme se pencha sur le lac et y but une gorgée. Alors le lac amer sentit son eau s'adoucir. Le soleil le réchauffa, glacé qu'il était par son séjour sous la terre. Le lac tressaillit d'allégresse et fit miroiter ses vaguelettes pour attirer les libellules. Il se sentait la fougue d'une cataracte et la candeur d'une source. La vieille femme continua son chemin. Fatiguée, elle s'assit et entendit, venant d'en bas, des gémissements.

– Qui se plaint ? Qui se plaint sous la terre ?

– C'est la forêt, c'est la forêt Chevelure-de-la-Princesse.

– Forêt, remonte à l'air libre. J'ai besoin de ton ombre.

Le sol se souleva, se bossela, les arbres percèrent la terre comme des champignons. La vieille femme se promena entre les troncs, elle caressa les branches et les branches desséchées bourgeonnèrent. De tous ses rameaux, la forêt secoua sa tristesse. Elle tendit ses bras ligneux pour que les oiseaux s'y posent. Dans le clair-obscur de son âme végétale, la forêt distilla des béatitudes.

La vieille femme continua son chemin. Fatiguée, elle s'assit et entendit, venant d'en bas, des cris désespérés :

– Qui crie ? Qui crie sous la terre ?

– Ce sont les oiseaux, les oiseaux Cris-de-la-Princesse.

– Oiseaux, revenez à la lumière. J'ai grand désir de vous voir.

Le sol se fendilla comme la coquille d'un œuf avant l'éclosion. Les oiseaux percèrent la terre de leurs becs. Les plumes salies de glaise, engourdis et clignant des yeux au soleil, ils entourèrent la vieille femme. Elle passa ses doigts sur les gorges raidies des oiseaux et, pour la première fois, ils laissèrent échapper une note musicale.

La vieille femme caressa les ailes hérissées. Alors, d'un même mouvement, toutes les ailes grises et noires se déployèrent et les oiseaux, s'élevant en triangle vers le ciel, entonnèrent un péan de gloire.

La vieille femme continua son chemin. Quand elle fut parvenue au lieu de sa naissance, la princesse, car c'était elle, se pencha pour baiser la terre. Mais elle était très vieille et, comme elle se penchait, un étourdissement lui vint. La mort la saisit, prosternée dans la poussière où s'affairaient les fourmis qu'elle avait tant admirées.

Ses sujets l'enterrèrent entre le lac et la forêt, à l'ombre des ailes d'oiseaux. Le lac devint un grand bénitier. Les arbres s'enflammèrent pour lui servir de cierges. Les oiseaux sauvages emportèrent son âme plus haut que les astres.

Ilide et Irline

Ilide et Irline étaient deux sœurs d'une beauté si semblable qu'on ne pouvait admirer l'une sans louer l'autre. Mais tandis que les yeux bruns d'Irline étaient deux miroirs de paix, dans les yeux bruns d'Ilide passaient des lueurs inquiètes. Ilide, malgré son amour pour sa sœur, souffrait de n'être pas seule à recevoir les louanges. Irline essayait de s'effacer. Elle baissait les yeux pour en voiler l'éclat. Elle se taisait. Elle cachait ses mains. Quand on la regardait, elle détournait le visage. Mais les gens continuaient à dire :

— Ces deux sœurs sont belles comme les deux yeux de la face. On ne pourrait pas les imaginer l'une sans l'autre.

Pour en finir avec ces compliments irritants, Ilide alla trouver une fée dans son palais de vif-argent :

— J'ai une sœur, lui dit-elle, que j'aime plus que personne au monde. Je ne peux supporter l'idée qu'elle doive mener comme moi la vie d'esclave des femmes. Pour son bonheur, changez-la en garçon. Et moi, je n'entendrai plus dire : « Ces deux sœurs sont aussi belles l'une que l'autre. »

— Je suis touchée par ta sollicitude fraternelle, répondit la fée. Va, ton souhait est exaucé.

Le cœur battant, Ilide retourna chez

elle. Comme elle franchissait la grille du parc, un jeune homme vint à sa rencontre, exacte réplique masculine d'elle-même. La robe de brocart vert qui vêtait Irline comme Ilide s'était transformée en habit sur le nouvel adolescent. Ses épaules s'étaient élargies, ses mains avaient grandi. Sa lèvre s'ombrait de noir. Il mit un genou en terre devant sa sœur et, d'une voix au timbre viril, lui dit :

— Je vous sais gré, Ilide, de m'avoir fait métamorphoser en homme. J'aurai plus de forces pour vous protéger et vous servir.

— Irlin, Irlin, beau jeune homme, balbutia Ilide.

Les gens se récrièrent :

— Ce frère et cette sœur sont beaux comme la main droite et la main gauche. On ne pourrait pas les imaginer l'un sans l'autre.

Poussée par son tourment comme une feuille sèche par le vent d'orage, Ilide alla trouver un enchanteur dans sa tour de laves refroidies et lui dit :

– J'ai un frère que j'aime plus que personne au monde. Je veux lui épargner les péchés et les peines des humains. Changez-le en un bel animal. Il sera heureux. Et moi, je n'aurai plus à partager les louanges avec personne.

– J'admire votre sagesse, répondit l'enchanteur. Allez, votre souhait est exaucé.

Comme elle franchissait la grille de sa demeure, Ilide fut accueillie par un hennissement aux arrière-sons humains. Et un coursier caparaçonné de brocart vert vint s'agenouiller devant elle. Sa robe, du même blanc lilial que le teint d'Ilide, était rehaussée par sa crinière et sa queue, aussi noires que la chevelure d'Ilide. Ses yeux sombres étaient profonds comme ceux d'Ilide.

Ilide balbutia :

— Irlin, Irlin, bel animal…

Et elle le flatta de sa main tremblante.

Souvent, Ilide se faisait emporter par Irlin dans de lointains galops. Les gens s'émerveillaient :

— Jamais on n'a vu plus belle cavalière ni plus belle monture que cette jeune fille à la peau si blanche et aux cheveux si noirs sur ce cheval à la robe si blanche et à la crinière si noire. Ils font si bien corps ensemble qu'on ne croirait pas pouvoir les séparer sans les tuer.

Le cheval Irlin avait beau se cabrer et

ruer quand on voulait le caresser, on ne l'en admirait que plus pour sa grâce indomptée.

Ilide se résolut à aller trouver une sorcière dans son antre. Relevant sa robe de brocart vert pour qu'elle ne traînât pas dans les immondices qui couvraient le sol, courbant la tête pour éviter les toiles d'araignées qui pendaient de la voûte, Ilide dit :

— J'ai un cheval que j'aime plus que tout au monde. Je suis malheureuse de le voir s'effrayer d'une ombre, d'un reflet, d'un souffle. Donnez à mon ami la paix végétale, changez-le en quelque belle plante. Ainsi, il ne se nourrira plus de grossiers picotins, mais de rosée et de lumière. Et je n'aurai plus les oreilles blessées de toujours m'entendre admirer en même temps qu'un animal.

– Bon petit cœur ! répondit la sorcière. Va, ma mignonne, tout est arrangé. On ne peut rien refuser à une belle fille comme toi.

En rentrant chez elle, Ilide vit de loin une ombre qui s'étendait sur le parc. C'était un arbre dont le feuillage sombre s'éclairait de fleurs écarlates comme les lèvres d'Ilide. Son feuillage dégageait le même parfum que la chevelure d'Ilide. Ilide ne put articuler que quelques syllabes :

– Irlin, Irlin, bel arbre…

Elle appuya sa joue contre l'écorce et sentit tomber sur elle une larme de sève. Son cœur battait et, contre sa poitrine, elle sentait craquer les fibres de l'arbre jusqu'au cœur du bois. Elle baisa un nœud de l'arbre et l'arbre ploya ses branches pour la caresser du bout de ses feuilles. La bouche contre le tronc, Ilide murmura :

— Je ne peux vivre sans toi, ni partager les louanges. Il m'a fallu en venir là...

Par ses oiseaux, par les cris étouffés du vent qui s'emplissait la bouche de feuilles, l'arbre Irlin répétait sans trêve :

— Ilide, ma sœur Ilide, Ilide ma sœur bien-aimée, ma sœur Ilide.

Au long des nuits, Ilide entendait à travers son sommeil l'arbre l'appeler :

— Ilide, ma sœur Ilide, Ilide.

L'arbre étirait ses rameaux jusqu'à la croisée ouverte et laissait tomber ses feuilles dans la chambre comme une pluie de larmes.

Dès le jour, Ilide avec ses aiguilles s'asseyait sous son toit mouvant, adossée au tronc. Les passants, qui la voyaient à travers les grilles du parc, disaient :

– Que cette jeune fille est belle à l'ombre de cet arbre ! Ils ne pourraient se passer l'un de l'autre.

Tremblante, Ilide, une nuit, descendit en enfer. Les ténèbres où elle avançait furent soudain déchirées par une violente lumière et Ilide se trouva face à face avec un être dont elle eut peur de comprendre qui il était. Ses cheveux rougeoyants, relevés en un chignon transpercé d'épingles de jais et d'un peigne de gitane, formaient des accroche-cœurs sur son front parcheminé. Sous ses sourcils broussailleux, ses paupières étaient obscurcies de khôl. Son regard ambigu filtrait entre des cils alourdis de Rimmel. Ses pendants d'oreilles étincelants se balançaient jusque sur ses épaules masculines. Entre ses moustaches tombantes, ses lèvres étaient fardées. Ses joues zébrées d'estafilades et marquées de la petite vérole étaient poudrées de rose. Un lourd parfum s'exhalait de sa personne. Des bagues scintillantes couvraient ses doigts velus. Ses serres aux extrémités noires étaient vernies de rouge épais. Par les mailles de ses bas transparents, dépassaient des poils pareils à ceux d'une bête. Ses longs souliers de bal à hauts talons étaient armés d'éperons. Par les ouvertures de son costume rouge de bourreau s'échappaient des volants de dentelles souillées.

Ilide demanda d'une voix mal assurée :

— Qui êtes-vous ? Homme ou femme ?

— Homme et femme, Lucifer, pour te complaire, ma très belle, mon agneau noir.

D'une voix précipitée par la peur, Ilide dit :

– J'ai un arbre que j'aime par-dessus tout. Mais le vent l'agite et pourrait briser ses branches. La foudre pourrait le détruire. Les oiseaux le frappent de leurs becs. Je veux pour lui le bonheur suprême, l'impassibilité minérale. Changez-le en pierre, qu'on ne puisse plus dire : « Cette jeune fille est belle à l'ombre de cet arbre. »

– C'est fait, ma colombe noire. À l'instant où tu l'as demandé, ton arbre est devenu rocher de marbre. Mais à toi aussi, je veux prodiguer mes bienfaits. Tu ne vieilliras jamais. Ta peau ne connaîtra pas les rides. Jamais tes cheveux ne blanchiront.

– C'est trop beau !

– Tous les bonheurs que tu as souhaités te seront donnés. Viens, lis noir, recevoir de mes lèvres maternelles un baiser d'époux.

Frissonnant de dégoût, mais fascinée, Ilide s'approcha du démon qui la serra dans ses bras à peau de femme et griffes de fauve. De sa bouche sortait une haleine pestilentielle.

Entre les bras de l'ange des ténèbres, Ilide se sentit mourir. Lucifer lui dit :

— Tes yeux sont deux lacs sombres où je vois mon image. Je vais tenir mes promesses : les faveurs que tu as demandées pour ta sœur, je te les accorde à toi-même. Tu jouiras de l'innocence animale, tes frères les vers se délecteront de ta chair, tu seras vers, par eux tu ramperas.

« La paix végétale soit avec toi ! Les racines enfonceront leur chevelure dans ta tête.

«Tu atteindras le bonheur suprême, l'impassibilité minérale. Même au jour de la résurrection dernière, tes os resteront enfoncés dans la terre comme des pierres.

«Tempête de neige noire! Ta peau s'en ira en débris avant d'avoir connu les rides. Tes cheveux n'auront pas le temps de blanchir avant que ta tête en décomposition ne les ait abandonnés. Ne crains pas la vieillesse, tu vas descendre au tombeau dans la fleur de ton âge, mon étoile noire va s'éteindre.

– Oh Dieu! cria Ilide.

Mais le ciel resta sourd à son appel. Sous l'étreinte du démon, Ilide expira. On l'ensevelit au pied du rocher de marbre blanc veiné de noir qui était sorti de terre là où naguère croissait un arbre d'essence inconnue. Les veines du marbre s'enfoncèrent dans les veines de la morte.

Irline, qui avait renoncé aux joies éternelles pour ne pas quitter Ilide, de tous ses échos redisait sans trêve :

— Ilide, ma sœur Ilide, Ilide ma sœur bien-aimée, ma sœur Ilide.

Les passants admirent la beauté de ce rocher de marbre pur dressé vers le ciel.

Sous leurs pieds, Ilide gît. Les louanges données à sa sœur résonnent douloureusement dans ses os nus.

Le sortilège des oies

Niquet cherchait à se placer comme berger pour l'été. Mais tout le monde l'envoyait promener, on le trouvait trop petit. La mère de Niquet se désolait, ça l'aurait tellement arrangée de ne rien avoir à dépenser pour son fils pendant les vacances. Enfin, elle s'était tout de même résignée à voir son fils traîner sans rien faire jusqu'à la rentrée des classes, quand elle reçut la visite d'un homme grand et noir. Cet homme s'assit dans la cuisine comme chez lui et, tapant sur la table, dit :

— Je sais que vous voulez louer votre fils pour la saison. Donnez-le-moi, il aura la nourriture et le toit.

Malgré son désir d'épargner quelques sous, la mère voulut refuser, parce que l'inconnu avait l'air bizarre et méchant. Mais Niquet insista tant pour partir que la pauvre femme fourra les affaires de son fils dans un sac, lui flanqua un baiser et le laissa s'en aller avec l'homme qui tapait impatiemment sa canne contre le carrelage.

Niquet marchait joyeusement à côté de son compagnon silencieux, il était fier de gagner déjà sa vie, il se voyait à la tête de tout un troupeau de moutons. Au soir tombant, ils arrivèrent de l'autre côté de la montagne. Mais quand le maître eut refermé derrière Niquet le portail de la ferme isolée, le gamin s'étonna de ne voir aucune bête à laine.

Le lendemain matin, le fermier ne lui confia que sept oies, avec un chien noir qui devait l'aider à les garder. Niquet conduisit ses oies au pré que le fermier lui avait montré. Les sept oies se dandinaient sagement, le chien noir essayait de jouer avec elles. Niquet s'assit dans l'herbe. Mais à peine avait-il cueilli un brin d'herbe pour en faire un sifflet que les oies, folles, battant des ailes, se serrèrent les unes contre les autres en caquetant. Elles s'aplatissaient par terre, jacassaient en vacarme. Un point grandissant descendait du ciel, un oiseau aux vastes ailes. Il plana au-dessus des oies, se laissa tomber, se jeta sur une des malheureuses qui disparut presque dans ses ailes et il s'enleva avec sa victime. En une seconde, l'aigle et l'oie disparurent dans les nues.

Le cœur battant, Niquet rentra à la ferme. Le fermier compta les oies et, voyant qu'il en manquait une, il donna à Niquet une chiquenaude qui le renversa.

Le lendemain matin, Niquet mena paître ses oies près de la forêt, pour échapper à l'aigle. Les six oies se dandinaient à la queue leu leu, le chien noir essayait de jouer avec elles. Niquet s'assit sur la mousse douce. Mais à peine avait-il ramassé un gland pour en faire une pipe, que les branches craquèrent. Un corps sombre, les yeux flamboyants, sortit de la forêt, se jeta sur le troupeau, happa une des bêtes qui disparut presque dans sa gueule et il bondit avec sa victime. En une seconde, le loup et l'oie disparurent dans la forêt.

Terrifié, Niquet rentra à la ferme. Le fermier compta les oies et, voyant qu'il en manquait une, il donna à Niquet une claque qui le fit tomber à la renverse.

Le lendemain matin, Niquet mena paître ses oies au bord de la route, pour échapper au loup. Les cinq oies se dandinaient à la file, le chien noir essayait de jouer avec elles. Niquet s'assit sur une borne. Mais à peine avait-il ramassé un caillou pour renfoncer un clou de son soulier qu'une jeune femme vint à passer. Elle était vêtue de haillons mais elle portait des anneaux d'or aux oreilles. Elle avait un nez d'aigle et une démarche de loup.

– Eh, petit! cria-t-elle à Niquet. Tu veux que je te dise la bonne aventure?

Sans attendre de réponse, elle s'approcha du gamin et, saisissant sa petite main hâlée dans la sienne, elle s'écria:

– Oh là, c'que j'en vois, il t'en arrivera ! Enfin, là, tu vois, il y a des malheurs. Mais tu auras aussi bien du bonheur. En attendant, garde tes oies, surtout garde bien tes oies.

Et, dans un bond, la jeune femme s'empara d'une des bêtes, qui disparut presque sous son tablier. En une seconde, la bohémienne et l'oie disparurent au tournant de la route.

Le cœur en détresse, Niquet rentra à la ferme. Le fermier compta les oies et, voyant qu'il en manquait une, il donna à Niquet une paire de gifles qui l'envoya rouler par terre.

Le lendemain matin, Niquet mena paître ses oies au bord d'un étang, pour échapper aux bohémiens. Les quatre oies se dandinaient en rang d'oignons, le chien noir essayait de jouer avec elles. Niquet s'assit sur le sable. Mais à peine avait-il ramassé une pierre pour faire des ricochets, qu'une des oies, poursuivie par le chien noir, se précipita affolée dans l'étang, où elle se noya.

Malade de frayeur, Niquet rentra à la ferme. Le fermier compta les oies et, voyant qu'il en manquait une, il saisit Niquet par l'oreille et le secoua si fort que le pauvre gamin ne savait plus reconnaître sa droite de sa gauche. Puis il l'envoya coucher sans souper.

Le lendemain matin, Niquet mena paître ses oies dans le potager, pour éviter la noyade. Les trois oies caquetaient en chœur, le chien noir essayait de jouer avec elles. Mais à peine Niquet avait-il cueilli une groseille pour la croquer, qu'une des oies avala un petit serpent, battit des ailes, claqua du bec et roula morte.

Le cœur défaillant, Niquet rentra à la ferme. Le fermier compta les oies et, voyant qu'il en manquait une, il attrapa Niquet par le bras et le balança avec une telle force que le gamin ne savait plus où était sa tête. Puis il l'envoya coucher dans la cabane du cochon.

Le lendemain matin, Niquet mena paître ses oies sur la place du village voisin pour éviter les vipères. La paire d'oies se promenait ensemble, le chien noir essayait de jouer avec elles. Niquet s'assit sur un banc. Mais à peine avait-il ramassé un escargot pour s'amuser avec que s'éleva le vent d'orage. Une des oies s'étira sur ses pattes, allongea le cou, avança le bec, déploya les ailes et s'envola. En une seconde, elle avait disparu dans le ciel.

Mort de frayeur, Niquet rentra à la

ferme. Le fermier compta les oies et, voyant qu'il n'y en avait plus qu'une, il donna à Niquet une telle volée, que le gamin se crut les os rompus. Puis il l'envoya coucher au fond de la cave.

Le lendemain matin, Niquet mena paître son oie dans un champ bien abrité du vent. L'oie se dandinait toute seule, le chien noir essayait de jouer avec elle. Niquet s'assit sur une motte de terre et cueillit une fleur de pissenlit pour souffler dessus.

Le soir, l'oie rentra seule à la ferme.

– Qu'est-ce que tu as fait de ton gardien ? lui demanda le fermier furieux.

– Kkk, kkk, kkk, répondit l'oie.

Le chien noir revint un peu plus tard, la queue entre les jambes et, devant la colère du fermier, il s'aplatit par terre en gémissant.

À peine Niquet avait-il cueilli une fleur de pissenlit pour souffler dessus, qu'il lui vint une idée : « Faut que je retrouve mes oies. Sans ça, le fermier finira par me tuer, à force de me taper dessus. Et puis, quand il n'y aura plus d'oie à garder, il me renverra, je serai de nouveau à la charge de ma mère. Sans compter que tout le monde se moquera de moi, le gardeur qui perd une oie chaque jour. » Sitôt pensé, sitôt commencé, Niquet se leva et mit l'oie et le chien noir sur le chemin du retour. L'oie prit un air si important qu'on aurait dit que c'était elle qui gardait le chien.

Niquet les suivit un instant du regard et, quand il les eut vus se diriger sagement vers la ferme, il s'élança dans la montagne. Il courait à la poursuite de l'aigle qui avait enlevé la première oie. Les pierres dévalaient sous ses pieds. Plus il montait, plus la montagne avait l'air de s'élever. De temps en temps, il se rafraîchissait à un torrent et se reposait dans une prairie. Bientôt il dut grimper à quatre pattes. Il voyait voler des rapaces et, vers le soir, il aperçut un grand nid. Il se dit que c'était peut-être le nid de l'aigle qui lui avait pris son oie. Il se hissa au bord du nid, à la force des poignets. Il espérait retrouver son oie vivante. Mais au lieu d'une oie, il vit dans le nid un aiglon au cou tout rouge et qui ne savait pas encore voler. Il s'en empara, le boucla dans sa ceinture de cuir et redescendit la montagne avec sa proie, qui lui donnait des coups de bec dans la poitrine. Il se reposa tant bien que mal dans une cabane de berger et se rendit à la ville. Là, il alla droit au jardin zoologique pour vendre son aiglon.

Le gardien-chef prit l'oiseau, donna à Niquet une belle pièce de cent francs toute neuve et l'invita à déjeuner pour entendre le récit de la capture.

À peine Niquet fut-il restauré qu'il remercia et partit.

Il quitta la ville et s'enfonça dans la forêt où le loup avait emporté une de ses oies. Les arbres se serraient, la nuit s'épaississait à mesure que Niquet avançait. De toutes ses ronces, la forêt griffait le garçon jusqu'au sang. De temps en temps, il se reposait sur la mousse, il mangeait une fraise, il suçait de la surette.

Soudain, il se trouva face à face avec un loup aux yeux flamboyants. «Sûrement celui qui m'a volé mon oie », se dit Niquet.

Dans un sursaut de colère et de courage, il sauta à califourchon sur la bête, qui se secoua pour se débarrasser de son cavalier et tourna vers lui sa gueule ouverte. Niquet essayait d'étouffer sa monture entre ses bras, mais cela ne réussissait qu'à l'exciter davantage. Tout à coup, il eut l'idée de lancer sa ceinture de cuir autour du cou de l'animal. Tout en s'agrippant de toute la force de ses jambes, il serra le licol. Le loup se débattit comme un perdu, puis à moitié étouffé, il se laissa tomber. Niquet le traîna derrière lui et au matin, il arriva à la ville où il se rendit comme la veille au jardin d'acclimatation.

Il céda son loup contre une pièce de cent francs. Le gardien enferma le loup dans une cage, à côté de l'aigle, et retint Niquet à déjeuner pour lui faire raconter son exploit.

Mais dès que le gamin fut rassasié et reposé, il se lança sur la route par où avait disparu la bohémienne. Les deux pièces d'argent tintaient dans sa poche. Il faisait chaud. La route s'allongeait à mesure que Niquet avançait. De temps en temps, il se reposait dans le fossé ou s'arrêtait dans un village pour boire à la fontaine. Sa bouche était desséchée par la poussière et ses pieds lui faisaient mal. Comme le jour tombait, il passa devant un terrain vague, où était installé un campement de nomades. Il regarda attentivement tout ce grouillement multicolore pour tâcher d'y découvrir sa voleuse. Les uns allaient et venaient dans tous les sens en maniant des objets hétéroclites, les autres mangeaient autour de grands feux.

Devant les regards et les grognements hostiles, Niquet allait passer son chemin, quand il vit sa voleuse, assise sur l'escalier d'une roulotte. Il se jeta sur elle au milieu de la stupeur de tous les bohémiens, et cria :

— Rends-moi mon oie.

— Ton oie, y a longtemps qu'elle est là, répondit la jeune femme en se donnant une tape sur l'estomac.

— Alors, rembourse le prix, cria Niquet, sans voir le cercle de bohémiens qui s'était formé autour de lui et de son ennemie.

La jeune femme éclata d'un rire rauque. Furieux, Niquet se précipita sur elle et s'accrocha à ses oreilles avec une telle violence que les deux anneaux d'or de la bohémienne lui restèrent dans les mains. Les oreilles se mirent à saigner et la fille cria. Niquet, agitant les deux bijoux, traversa d'un bond la bousculade des bohémiens et reprit en courant le chemin de la ville. Les bohémiens auraient pu le rejoindre, mais ils craignaient les démêlés avec la police et, le soir même, ils décampèrent.

Niquet arriva à la ville et, dès que les boutiques furent ouvertes, il alla offrir ses boucles d'oreilles à un bijoutier. Celui-ci entra en méfiance, pensant que Niquet les avait volées. Mais, tout de même, il ne voulut pas laisser échapper une si belle occasion d'acheter des bijoux pour presque rien et, après avoir pesé les anneaux d'or, il remit à Niquet une pièce de cent francs toute neuve. Les anneaux valaient bien plus et, comme le bijoutier avait un peu de remords d'avoir roulé le gamin, il lui donna la moitié d'une tarte que sa femme venait de sortir du four.

Niquet mangea et, après avoir remercié, il partit en faisant sonner ses pièces d'argent. Il retourna à l'étang où son oie s'était noyée. Comme il était très ignorant, il croyait que la bête avait peut-être continué à vivre au fond de l'eau et il plongea pour la retrouver.

Expirant l'air doucement, il commença à marcher au fond de l'étang, quand il vit quelque chose qui brillait. C'était une bague de platine ornée d'une perle. Il se la passa au doigt et se laissa remonter à la surface. La bague devait avoir été perdue il y a bien des années, à en juger par sa forme ancienne.

Après s'être séché, rhabillé et reposé

un moment, Niquet retourna à la ville chez le bijoutier qui lui avait acheté les anneaux de la bohémienne. Encore une fois, l'homme lui donna une pièce de cent francs pour le bijou qui en valait bien plus et il lui offrit une assiette de soupe et un verre de vin.

Quand Niquet fut restauré, il partit en faisant tinter toutes ses pièces d'argent. Il retourna vers sa ferme, à la recherche de l'oie que la vipère avait tuée. Après tous ses succès, il ne doutait plus de rien et il comptait ressusciter l'oie en lui faisant prendre des drogues. Sur son chemin, il rencontra plusieurs serpents. Cela le mit dans une telle colère, en lui rappelant le serpent qui avait fait mourir son oie, qu'il les tua tous à coups de bâton et de pierres. À la fin de la journée, il alla montrer son paquet de serpents morts au maire et à sa femme qui poussa des cris, car ces serpents étaient des vipères rouges de l'espèce mortelle. Le maire remit à Niquet une pièce de cent francs toute neuve et, quand il sut que Niquet habitait loin, il l'invita à souper et le fit dormir chez lui.

Dès le lendemain, Niquet partit à la ville. Il voulait retrouver l'oie envolée, mais il n'avait aucune idée sur la façon de s'y prendre.

Quand Niquet arriva, la ville était toute surexcitée, car il allait y avoir une grande fête aérienne. « Bon j'y vais, se dit Niquet qui n'avait jamais vu ça. Je chercherai mon oie plus tard. » Et il se rendit au terrain d'aviation déjà entouré d'un monde fou. Il était si petit qu'il réussit à se faufiler au premier rang. Juste au moment où il venait d'atteindre la palissade, il entendit le haut-parleur annoncer qu'une récompense serait décernée à la première personne dans le public qui se jetterait en parachute à l'instant même. D'un bond, Niquet franchit la palissade et se précipita sur le terrain en criant: «Moi! Moi!» Il était si naïf qu'en entendant la grosse voix du haut-parleur, cette idée avait fusé dans sa tête: «Si je vais dans le ciel, j'y retrouverai mon oie.»

Niquet monta dans la carlingue à côté du pilote. L'avion roula quelques secondes et décolla. «Ça fait comme si on était dans un car qui se met à s'envoler», se dit Niquet. On lui avait déjà fixé le parachute à la taille et, quand le pilote lui fit signe, il sauta parce qu'il ne voulait pas avoir l'air peureux.

Le parachute s'ouvrit presque immédiatement, et Niquet un peu pâle atterrit au milieu des ovations. Un aviateur en salopette blanche lui remit une pièce de cent francs brillante : c'était la récompense promise. On lui fit boire un vin d'honneur. Mais sitôt la dernière goutte bue, il prit le chemin de la ferme en faisant tinter sa fortune dans sa poche.

Dès qu'ils virent Niquet, le fermier s'arma d'un gourdin, le chien noir se jeta sur lui en aboyant et la septième oie voleta à sa rencontre pour lui mordre les mollets. Mais, sans s'effrayer, Niquet cria fièrement : «Tenez, patron, je vous rapporte vos six oies» et il jeta sur la table les six pièces d'argent. Le fermier fit un mouvement brusque pour les attraper toutes les six à la fois et les pièces tombèrent sur les dalles. Niquet se précipita pour les ramasser, mais l'une d'elles avait roulé jusque dans le chemin. Niquet la poursuivit. Comme le chemin était un raidillon à pic, il dut courir un moment avant de rattraper sa pièce. Quand enfin il la tint, bien serrée dans la main avec ses sœurs d'argent, il voulut retourner à la ferme, mais il eut beau revenir sur ses pas et chercher dans tous les sens, la maison, le fermier, le chien noir et l'oie restèrent introuvables.

«Ce maître-là, si ce n'était pas le diable, ça devait être son parent, se dit Niquet. En tout cas, je crois que c'est moi qui l'ai eu.»

Et Niquet rentra au pays porter à sa mère sa fortune qui tintait.

L'arbre creux

Aveline s'était égarée dans la forêt en cherchant des champignons. Elle commençait à s'effrayer vraiment, quand elle aperçut un écriteau sur un arbre. «Voilà qui va me remettre sur le bon chemin», se dit-elle. Mais l'écorce avait presque recouvert l'écriteau; les lettres qu'elle n'avait pas cachées, les pluies les avaient effacées. L'arbre lui-même était bizarre. Ce n'était ni un chêne, ni un frêne, ni un châtaignier, ni rien qu'on pût nommer. Et il était creux. Aveline entra dedans. Avec un claquement sec, l'arbre se referma sur elle. La petite fille, cognant sa tête contre le bois, cherchant avec ses mains un trou pour se sauver, affolée, se mit à tourner dans le tronc. Elle recevait une faible lumière par le haut de l'arbre. Elle regarda autour d'elle, les yeux tout brouillés de larmes, et ne vit que le bois sombre. Elle essaya de gratter, ses ongles se cassèrent. Elle appela :

— Au secours, au secours, je suis enfermée !

Mais personne n'était là pour lui répondre. Elle tapa des poings et des pieds. Elle poussa encore un cri et se recroquevilla par terre en suffoquant. L'humidité devenait glaciale et noire Aveline s'assit, gémissant quand le bois craquait et frissonnant quand le vent agitait les feuilles. Elle s'endormait et s'éveillait à chaque instant. Vers l'aube, elle sursauta en sentant un petit objet dur tomber sur son dos. Elle n'eut pas le temps de lever la tête, qu'un second suivait. C'étaient des noisettes. Elle poussa un gémissement de plaisir, les cassa entre ses dents et commença à croquer. Quand elle les eut mangées, elle se demanda d'où lui venait ce cadeau et aperçut un écureuil, perché sur l'arbre, très haut au-dessus d'elle :

– Bonjour, cria-t-il, que fais-tu là ?

Aveline lui raconta son malheur et demanda :

– Mais qu'est-ce que cet arbre extraordinaire ?

L'écureuil prit un air mal à l'aise et, au lieu de répondre, s'écria :

– Je voudrais bien te tirer de là ! Mais c'est difficile. Enfin on y arrivera. Ne te fais pas trop de chagrin en attendant.

Aveline soupira :
– Je ne vois plus la lumière.

L'écureuil ne répondit pas. Il disparut. Aveline s'accroupit, jouant à ne rien faire et essayant de toutes ses forces de ne pas être triste.

Au bout d'un moment, elle entendit la voix flûtée de l'écureuil qui lui criait :

– Attrape !

Elle tendit les mains et reçut au vol une minuscule lampe de poche. Elle l'alluma. Sa pénombre se changea en aurore. Elle put examiner les parois brunâtres et fibreuses de sa prison et la terre séchée, où traînaient une feuille morte et un cadavre de fourmi.

– Alors, tu es contente ? demanda l'écureuil, perché au sommet de l'arbre creux.

– Merci, répondit Aveline en pleurant. Mais je m'ennuie trop.

L'écureuil fila. Après quelques minutes, il réapparut sur la maîtresse branche de l'arbre, tenant un petit paquet qu'il laissa tomber jusqu'à sa protégée. Celle-ci dénoua impatiemment les herbes qui le retenaient: c'était un livre. La petite fille tourna précipitamment les pages.

– Tu es heureuse, maintenant? s'informa l'écureuil.

Aveline était trop absorbée pour répondre. Le livre était l'œuvre des habitants de la forêt, chacun y avait écrit une histoire. Les oiseaux, de leurs pattes fines, y avaient noté leurs chansons, les cerfs y racontaient leurs duels et les poursuites des chasseurs, les fées donnaient des conseils sur la manière de laver le linge dans une goutte de pluie et de faire cuire la soupe sur un feu follet, les loups décrivaient dans un style pittoresque les victimes qu'ils avaient dévorées. Les dernières pages étaient blanches, mais quand Aveline les tourna, elle entendit la voix du vent chuchoter des contes qu'il avait rapportés d'au-delà des mers. Le livre était illustré en couleurs faites de jus de plantes et de sang de bêtes. Aveline lisait, lisait. Mais quand elle eut tant lu que ses yeux papillotaient et que sa tête bourdonnait, elle laissa glisser le livre et appela:

— Écureuil, écureuil, je voudrais bien m'en aller d'ici.

— Oui, justement, ne t'impatiente pas, tout à l'heure je suis allé trouver un ami à moi, un renard. Je lui ai demandé de creuser une galerie jusqu'à toi, il a déjà commencé. Alors, tu vois.

– Oh, merci, mon petit écureuil chéri, je voudrais embrasser tes joues de fourrure.

Fou de joie, l'écureuil répondit à la déclaration d'Aveline en lui jetant des châtaignes. Puis, pour la désaltérer, il alla lui chercher des herbes humides.

D'heure en heure, Aveline demandait :

– La galerie avance ?

Son ami partait aux nouvelles et revenait en annonçant que tout marchait à souhait. Une fois, il fut long à réapparaître. Enfin, Aveline vit l'ombre du petit animal se profiler près d'elle. Elle sentit tomber sur sa main une goutte d'eau :

– Quoi, tu pleures ? Les écureuils pleurent ?

– Mon ami le renard est mort,

repondit l'écureuil entre deux hoquets de désespoir. Un chasseur vient de le tuer. Si fort, si jeune! Et la galerie était presque finie.

Aveline sentit un grand froid l'envahir. Elle dit d'une voix blanche :

— Alors, moi aussi, je vais mourir ?

— Non, je ne veux pas. Attends.

Et d'arbre en arbre, l'écureuil partit par toute la forêt à la recherche d'une échelle. Personne n'avait cela. Un vieil ermite possédait bien un escabeau, mais beaucoup trop court. Un merle conseilla à l'écureuil de fabriquer une échelle de corde.

— Comment ? demanda l'écureuil.

— Ah, cherche, débrouille-toi, siffla le merle.

Une fée consentit à donner à l'écureuil un de ses cheveux d'or. Il l'enroula précieusement autour de lui, comme une corde d'alpiniste, et continua sa course.

Par la fenêtre ouverte d'une cabane de bûcheron, il vit une femme qui cousait une chemise. Il sauta sur ses genoux, elle essaya de le prendre, il lui mordit la main et se sauva avec un long fil. Une jument gambadait dans une clairière. Il bondit sur son dos, lui arracha un crin de la queue et disparut dans le taillis. Triomphant, il regagna l'arbre creux, montra son butin à Aveline et commença à tresser une échelle. La prisonnière ne le quittait pas du regard, elle suppliait sans cesse :

– Plus vite ! Plus vite !

Cette impatience agaçait l'écureuil, il faisait des nœuds, il emmêlait le cheveu de la fée, le fil de la bûcheronne et le crin de la jument. Pourtant l'échelle s'allongeait, elle se balançait au-dessus d'Aveline qui se haussait sur la pointe des pieds pour la saisir. Enfin, elle l'attrapa et s'agrippa aux échelons étroits. Elle commença à grimper. Heureusement, le cheveu de la fée, bien que fin comme un fil de la Vierge, était solide comme un nerf de bœuf. Tout chantait dans la tête d'Aveline. À mi-chemin, elle dut s'arrêter sur l'échelle tremblante, elle avait le vertige. L'écureuil l'encourageait par de petits cris. Aveline voulut continuer son ascension, mais elle s'évanouit et glissa le long de l'échelle jusqu'au fond de l'arbre.

Le choc lui fit reprendre connaissance. L'écureuil était perché au bord de sa branche et criait d'une voix angoissée :

– Vite, vite, Aveline, remonte, il faut

que tu te sauves. La première feuille morte est tombée aujourd'hui, c'est signe que le propriétaire va venir toucher son terme et s'il te voit dans son arbre, je ne donnerais pas une noisette creuse de ta vie.

Au même instant, on entendit un bruit de pas. Les moustaches de l'écureuil se hérissèrent, il chuchota : « Chut ! » Un homme à la mine de sorcier s'approchait, portant en bandoulière les clés de tous ses domaines. Il s'arrêta au pied de l'arbre et cria :

– Loyer !

Une pie, qui avait construit son nid à côté de celui de l'écureuil, vola jusqu'au sorcier et déposa dans sa main un collier de grenats qu'elle avait dérobé au Mont-de-Piété.

– C'est bien, tu paies toujours exactement, fit le sorcier en la flattant de la main. Et vous, les abeilles, qu'attendez-vous ? ajouta-t-il en sortant de sa gibecière un grand pot.

Aussitôt, les petites bêtes, qui avaient construit leur ruche sur une des branches de l'arbre, firent couler le miel à pleins bords dans le pot du sorcier.

Mais l'écureuil ne bougeait pas.

— J'attends, fit le sorcier d'un ton menaçant.

— Voici, voici, répondit l'écureuil en dégringolant le long du tronc. Je ne peux vous donner qu'un cent de faines cette fois-ci ; la récolte a été mauvaise, mais dès qu'il aura gelé, les baies seront bonnes et alors…

— Suffit. C'est chaque année la même chanson. Je trouverai un locataire plus satisfaisant. Je te donne congé, prends tes cliques et tes claques et fiche-moi le camp. Je déchire ton bail.

Et le sorcier sortit de sa poche une grande feuille de chêne cachetée à la résine et la mit en pièces.

— Oh M'sieu, ne me chassez pas de chez moi, supplia l'écureuil en joignant ses petites pattes rousses.

— Chez toi ! Chez toi ! hurla le sorcier.

Mais il s'arrêta court : Aveline, impressionnée par cette scène, qu'elle avait pu entendre du fond de l'arbre, avait remué et le bois avait craqué.

— Hou ! souffla le sorcier, dans un tel état de surexcitation qu'il ne pouvait plus parler.

Frappé par le bruit, il venait seulement de s'apercevoir que son arbre s'était refermé. Claquant des dents de joie à l'idée d'avoir capturé une proie, il décrocha une de ses clés et la fit tourner dans une petite fente de l'arbre. Aveline n'eut que le temps de s'aplatir contre le bois et l'arbre s'ouvrit en grinçant. Le sorcier se jeta sur Aveline, mais les abeilles se précipitèrent sur lui et chacune le piqua. Éperdu de douleur, il laissa tomber ses clés et se sauva dans les profondeurs de la forêt.

En sifflant de bonheur, l'écureuil sauta sur l'épaule de son amie. Les cheveux de la petite fille et les poils rutilants de l'écureuil se mêlèrent. Après cette nuit passée dans l'arbre, Aveline en avait pris la forme élancée. Elle était ravissante et l'écureuil lui demanda :

– Dis, tu restes ici toujours, avec moi ?

– Il faut que je rentre à la maison, on

m'attend là-bas, on doit être inquiet, répondit Aveline.

— C'est vrai.

Le gentil animal lui tendit la patte en étouffant un soupir. Aveline prit son panier de champignons, sa lampe et son livre et s'éloigna. L'écureuil agita une feuille d'arbre pour lui dire adieu et un essaim d'abeilles la reconduisit jusqu'à la lisière de la forêt.

L'écureuil put continuer à habiter en paix son arbre, car jamais le sorcier ne se risqua à revenir. Et, de temps en temps, un oiseau ou l'autre lui donnait des nouvelles d'Aveline.

La petite fille de verre

C'était une petite fille de verre, parce qu'avant sa naissance sa mère avait eu envie d'un service à liqueur.

Elle s'appelait Cristalline, naturellement. Elle était ennuyée d'être en verre ; dès qu'elle courait, ses parents lui criaient :

– Attention de ne pas te casser !

Au petit déjeuner, quand elle s'apprêtait à boire son café au lait, c'était des recommandations :

– Ne le prends pas trop chaud, tu vas éclater !

Le soir après le dîner :

— Ne t'approche pas du feu, tu fondrais.

Et impossible d'avaler un bonbon sans que cela se voie, puisqu'elle était transparente.

Pourtant, c'était quelquefois agréable d'être en verre : on ne lui donnait pas de claque, de peur de la briser, tout au plus une petite pichenette de temps en temps. Sa joue rendait alors un son cristallin :

« Drlii ! »

L'été quand elle portait des robes de mousseline, la lumière la traversait, jamais il n'était besoin de lui dire :

— Tire-toi de là, tu es dans mon jour.

Elle ne se lavait pas avec du savon, mais avec une poudre à nettoyer les verres. Elle allait à l'école comme les enfants ordinaires. Sa mère nouait un ruban dans ses cheveux de verre filé, et elle mettait son chapeau où était brodé le mot « fragile ». Les autres petites filles l'aimaient beaucoup, parce qu'elles pouvaient voir à travers son dos ce qu'elle écrivait et copier. Comme elle avait une voix de cristal, en chant, elle était première. La maîtresse la félicitait aussi pour le style limpide de ses rédactions.

Outre sa transparence, Cristalline possédait une autre particularité, plus merveilleuse encore : elle n'avait jamais menti. Seule la pure vérité sortait de sa bouche. Ses parents étaient fiers d'avoir une fille si sincère et cette année-là, en récompense, ils lui promirent de lui donner ce qu'elle voudrait pour sa fête. Mais Cristalline ne désirait rien : un tout petit peu d'eau et quelques petites fioles, c'étaient là pour elle les plus beaux jouets.

Puisque Cristalline ne voulait rien choisir, ses parents lui firent cadeau d'une pièce de cent francs, belle comme la pleine lune.

Cristalline, légère et sautante, s'en alla se promener avec la pièce dans sa poche.

Mais à peine était-elle sortie de la ville, qu'elle s'aperçut qu'elle n'avait plus sa pièce d'argent.

Ses cheveux de verre filé tintèrent, ses dents de verre soufflé claquèrent, son cœur se mit à battre : dlinggdli ! et les larmes débordèrent de ses yeux clairs. Elle entendait déjà les oiseaux des bois qui l'appelaient, mais il lui fallait revenir sur ses pas pour essayer de retrouver sa pièce de cent francs. Elle avait tant couru et dansé le long du chemin, que la pièce avait dû sauter de sa poche. Mais elle eut beau chercher, elle ne la retrouva pas.

Le soir tombait et elle fut bien obligée de rentrer à la maison, tremblant à l'idée de la colère de ses parents quand ils sauraient qu'elle avait perdu la pièce d'argent.

Comme elle était presque arrivée, elle vit sur le pas de sa porte leur vieille voisine.

— Alors, Cristalline, demanda la vieille femme de sa voix chevrotante, tu t'es bien amusée au bois ? Et ta pièce, tu ne l'as pas encore mise dans ta tirelire ?

Cristalline passa sans répondre, comme si elle n'avait pas entendu, et aussitôt elle sentit en elle un petit craquement.

— Tiens, se dit la petite fille de verre, j'ai le hoquet.

Et, toujours effrayée à l'idée de la colère de ses parents, elle rentra chez elle.

– Tu as passé un bon après-midi ? demanda son père, qui raccommodait une chaise dans la cuisine.

Sentant ses jambes flageoler, la petite fille de verre fit oui de la tête, comme si elle était trop essoufflée pour répondre. Aussitôt, on entendit en elle un grand craquement.

– Tu tousses ? demanda son père.

Mais déjà Cristalline avait couru se réfugier dans sa chambre. À peine y était-elle entrée, que sa mère poussa doucement la porte et lui demanda :

– Tu t'es bien promenée, ma chérie ?
– Oui, répondit Cristalline.

Aussitôt qu'elle eut prononcé ce mensonge, un terrible craquement se fit dans la petite fille de verre et, dans un cri, elle se brisa en mille éclats. Chaque petit morceau de verre rebondit avec une musique cristalline, « gliii rlirli », puis, l'un après l'autre, les petits morceaux de verre se turent.

— Ma fille, ma fille ! sanglota la mère.

« Glii rlirli », lui répondirent les mille fragments de verre.

La pauvre femme, en se coupant les doigts, ramassa tous les éclats de verre sans en oublier un seul, elle les mit dans une corbeille et, sans répondre à son mari inquiet du bruit qu'il venait d'entendre, elle courut chez un médecin.

Mais c'était dimanche et aucun médecin n'était chez lui. Par bonheur une passante lui donna l'adresse d'un rebouteux. Il habitait une rue perdue. Les caractères gothiques sur sa plaque de cuivre verdi étaient tellement effacés qu'on n'arrivait pas à déchiffrer son nom. La sonnette, tirée par la main tremblante de la mère, rendit un soupir au lieu de sonner.

Au bout d'un long moment, une servante voûtée vint ouvrir et introduisit la mère de Cristalline dans la pénombre d'un salon vermoulu. Les glaces ne reflétaient pas le salon, mais d'autres lieux à demi effacés. Les petits personnages de la tenture chuchotaient. Une draperie glissa et le rebouteux apparut, semblable au fantôme d'un singe ou à une fumée de caricature.

La mère de Cristalline lui montra les débris de sa fille et le supplia en joignant les mains de tout réparer.

Le rebouteux fit tinter les mille morceaux de verre et dit:

– Je veux bien essayer, mais à vos risques et périls. Laissez-la-moi et revenez voir demain.

Le lendemain, frémissants d'espoir, le père et la mère de Cristalline revinrent chez le rebouteux. Leur fille, allongée sur un canapé, était réparée, plus belle que jamais. Mais elle ne bougeait pas, elle était devenue une statue de verre.

Le père et la mère se mirent à crier et à se tordre les mains. Pour les consoler un peu, le guérisseur leur révéla qu'une fois l'an ils reverraient leur fille telle qu'ils l'avaient connue.

La mère de Cristalline la coucha dans sa chambre. Une fois par an, le jour de la Sainte-Cristalline, la statue de verre s'animait. Elle courait pour se dégourdir les jambes, elle buvait, elle mangeait, elle racontait les rêves qu'elle avait faits pendant les trois cent soixante-cinq nuits de l'année.

Mais quand le soir tombait, la petite fille de verre avait le hoquet, elle toussait, elle frissonnait et d'un seul coup elle s'endormait jusqu'à l'année suivante, au jour de la Sainte-Cristalline.

La moindre des fées

Mme Grosjean venait de donner le jour à une fille. Il fut décidé que cet événement serait dignement fêté et les Grosjean lancèrent des invitations dans toute la province. Mais c'était la crise des domestiques et ils ne trouvèrent personne pour faire et servir le repas de gala. M. Grosjean avait mis des annonces dans tous les quotidiens régionaux, Mme Grosjean s'était adressée à tous les bureaux de placement, mais en vain. En désespoir de cause, Mme Grosjean se hasarda jusqu'à des faubourgs lointains où elle n'était jamais allée jusqu'alors, demandant dans chaque boutique si l'on ne pourrait lui indiquer quelqu'un qui consentirait à faire un extra.

— Il y a une petite vieille, répondit un épicier, qui vient de temps en temps m'acheter un grain de sel. Peut-être que vous pourriez vous arranger avec elle. Mais je ne sais pas où elle habite.

— Un grain de sel ! se dit Mme Grosjean. Plaisantin, va ! N'importe, il faut que je réussisse.

Elle entra dans une blanchisserie et demanda si l'on n'y connaissait pas une petite dame âgée, dont on lui avait dit qu'elle pourrait peut-être l'aider pour la préparation d'un repas de fête.

— Je vois qui vous voulez dire, répondit la patronne. Elle vient ici tous les samedis acheter une bulle de savon pour faire sa lessive. Je ne sais pas où elle demeure, mais le verdurier du coin pourra peut-être vous renseigner.

– Une bulle de savon ! s'étonna Mme Grosjean. Décidément, les gens de ce quartier ont une façon de dire les choses. Enfin, poursuivons nos recherches.

– Elle vient encore de m'acheter un brin de cresson pas plus tard qu'hier, raconta le verdurier à Mme Grosjean. Elle reste là-bas, vers la fontaine. Son adresse, je ne la sais pas, mais le boulanger sur la place pourra peut-être vous la donner.

«Ce brin de cresson est le bouquet», pensa Mme Grosjean.

– Chaque matin, à six heures tapantes, elle vient chercher un échaudé pour les oiseaux, dit le boulanger. Elle habite dans cette petite ruelle que vous voyez là-bas. Le numéro, je ne le sais pas, mais vous trouverez bien.

Mme Grosjean s'engagea dans la ruelle et s'adressa à des enfants qui jouaient à la marelle.

— Oui, on la connaît! s'écrièrent-ils. Elle nous donne des billes, des bonbons et des drôles de choses qu'ont pas de noms.

Les enfants conduisirent Mme Grosjean jusqu'au seuil d'une maison de chétive apparence. Comme il n'y avait pas de concierge, Mme Grosjean dut s'enquérir auprès des locataires du rez-de-chaussée de l'étage où habitait la petite vieille.

— Elle loge tout en haut, lui répondit-on. Mais elle est vieille comme Mathusalem, il y a longtemps qu'elle ne travaille plus régulièrement, elle est un peu retombée en enfance.

– Je vais toujours la voir, il me faut absolument quelqu'un, répondit Mme Grosjean.

Elle dut monter jusqu'aux combles et frappa à une petite porte. Aussitôt, celle-ci s'ouvrit et Mme Grosjean se trouva en face d'une très petite femme. Ses cheveux blancs étaient réunis en un chignon pareil à une boule de neige. Son minois couperosé semblait chiffonné par la gaieté plutôt que par les rides. Ses minuscules yeux bleus pétillaient. Elle était vêtue d'une robe grise rapiécée avec beaucoup d'habileté. Ses petits souliers éculés resplendissaient, tant ils étaient bien cirés. Elle fit entrer Mme Grosjean dans sa chambrette, la plus exiguë qu'on pût imaginer.

– Certainement, madame, répondit-elle dès les premiers mots, je me ferai un plaisir de venir préparer votre repas.

— Combien allez-vous me demander? questionna anxieusement Mme Grosjean.

— Mon travail, je ne le vends pas, je le donne, répondit la petite vieille.

«Les locataires du dessous avaient raison, elle n'a plus sa tête à elle, se dit Mme Grosjean. Ça va être du joli. Enfin, je n'ai pas le choix.» Et Mme Grosjean indiqua à la petite vieille le jour et l'heure où elle devrait se trouver à la villa Prospère, le nid des Grosjean.

Au moment convenu, la petite vieille apparut au seuil de la villa Prospère. Un col de dentelle ancienne dont les arabesques représentaient les sept jours de la création et une broche de vieil argent en forme de croissant de lune éclairaient sa robe grise. Un léger parfum de violettes émanait de sa menue personne.

— Il faut vite aller au marché, lui dit Mme Grosjean. Voilà la liste. Nous serons trente-six. Vous ne pourrez pas tout porter, vous vous ferez aider par un commissionnaire. Combien d'argent est-ce que je vais vous donner ?

— Un sou suffira, répondit la petite vieille.

Abasourdie, Mme Grosjean sortit sa bourse. Preste comme un moineau qui picore une miette, la petite vieille, se haussant sur la pointe des pieds, y prit un sou et disparut avant que Mme Grosjean eût eu le temps de la retenir.

— Nous sommes frais, dit la brave dame à son mari.

Elle dut courir au premier étage sans attendre la réponse, pour tâcher de calmer les hurlements furieux de sa fille, qui avait reçu le prénom de Reine.

À peine partie, la petite vieille fit sa réapparition, portant allégrement de son bras de pygmée un panier débordant de fruits exotiques, dont on n'avait jamais vu la pareille dans le pays.

— Ah çà! Vous êtes allée les chercher aux tropiques? plaisanta Mme Grosjean.

— Oui, madame, répondit la petite vieille du ton le plus naturel. Voici la monnaie de votre sou, madame.

Et elle tendit une poignée de piécettes d'or.

«C'est à en perdre la raison», se dit Mme Grosjean. Mais elle empocha.

Les invités arrivèrent. Alerte, la petite vieille servit, non le menu prévu, mais une suite de plats dont la maîtresse de maison se demandait d'où ils sortaient.

Ce furent d'abord des huîtres dont chacune contenait une perle. Les invités se récriaient d'émerveillement. Ensuite, un pâté en croûte d'où s'échappèrent une volée d'oiseaux des îles. Puis, un grand poisson dont le ventre, quand on l'ouvrit, offrit aux regards une chaîne d'or qui portait, gravé sur son fermoir, le nom de Reine. L'apothéose fut une pièce montée dont les petits personnages de sucre étaient animés et se livrèrent à des danses et à des pantomimes. Malgré l'évidence, quelques convives n'étaient pas certains que les petits personnages de la pièce montée se mouvaient réellement. Ils rendaient responsables de ce prodige les crus auxquels ils avaient fait honneur.

De tout le festin qu'elle avait servi, la petite vieille ne voulut manger qu'une croquignole. En moins de temps qu'il ne faut pour le dire, elle eut terminé l'énorme vaisselle. Les Grosjean irradiaient. Seuls les hurlements de Reine empêchaient leur satisfaction d'être complète. La petite vieille prit l'initiative de monter voir l'enfant. Mme Grosjean, qui suivait la servante dans l'escalier, s'aperçut que sous sa robe rapiécée, elle portait un jupon de brocart d'or.

— Faut plus s'étonner de rien, marmonna la bonne dame. On cache le beau, on montre le laid : c'est le monde renversé.

À peine la vieille cuisinière se fut-elle glissée dans la chambre de l'enfant, que celle-ci cessa de crier et, laissant échapper un vagissement de bien-être, s'endormit.

La petite vieille s'approcha du berceau et effleura de sa main parcheminée le plumetis pareil à des brins de tabac qui poussait sur le crâne de Reine.

— Vous l'avez tout de suite calmée, dit Mme Grosjean. C'est comme la façon dont vous vous en êtes tirée pour le repas : une vraie fée.

— Plus maintenant, répondit la petite vieille. Dans mon jeune temps, j'étais bien un peu fée, mais j'étais la moins capable de toutes, j'étais la bonne des autres.

Sur ces mots, la petite vieille quitta la pièce avec un fin sourire. Mme Grosjean la suivit pour la payer et la questionner, mais elle avait déjà disparu en laissant derrière elle un léger parfum de violettes. Au comble de l'agitation, Mme Grosjean revint auprès du berceau. Là où les doigts noueux de la vieille servante les avaient touchés, l'oreiller et le drap s'étaient couverts de broderies. Reine n'avait plus cet aspect porcin qui réjouissait sa mère : depuis la caresse de la servante, elle ressemblait à une rose sauvage.

— Ah, mes aïeux ! se lamenta Mme Grosjean. On t'a jeté un sort, mon petit bout. Pourvu que tu restes dans le commerce en gros, mon petit miroton. Va pas devenir folle comme cette vieille, à travailler pour les beaux yeux de Pierre et Paul, pour l'amour de l'art. Hein, mon petit magot, que tu resteras dans la confection ?

Reine ouvrit ses yeux couleur de commencement du monde et poussa un cri singulier, que sa mère comprit. Rien ne pourrait effacer l'attouchement de la fée. Reine dilapiderait sa vie pour les autres, au lieu de sagement la thésauriser comme il était de règle dans la famille. Avec un soupir, Mme Grosjean se dit : « Je croyais que la maison Prospère durerait toujours. Je me suis fait rouler, c'est le monde renversé. Enfin, ne nous inquiétons tout de même pas trop pour les pots cassés, il y aura peut-être moyen de moyenner. Gardons la tête tout entière à nos affaires. »

Un chant d'oiseau moqueur comme un rire répondit aux pensées de la commerçante.

L'enfant de la sorcière

Carca la sorcière habitait seule dans la forêt. Ses narines semblaient deux marécages, sa chevelure un vol de corbeaux, sa langue une flamme. Chaque soir, avant de se coucher dans sa caverne, elle tressait sa chevelure barbelée en une natte forte comme une queue de cheval et si longue qu'elle pouvait faire le tour de la terre.

Carca était malheureuse : elle désirait farouchement se marier pour avoir un enfant, mais personne ne voulait l'épouser, elle était trop hideuse et trop cruelle.

Pour tromper sa douleur, Carca n'avait d'autre distraction que le sabbat : chaque samedi arrivaient ses amies, leurs tignasses ou leurs guenilles couvertes des flocons de neige, des flocons d'écume, des gouttes de pluie, des plaques de boue, des feuilles, des tiges, des poils, des lambeaux de tous les pays lointains d'où elles arrivaient à cheval sur des monstres ou montées sur des mécaniques infernales.

Les vieilles sorcières attachaient leurs bêtes à des anneaux scellés dans la paroi de la caverne. Les jeunes sorcières pliaient leurs parachutes ou rangeaient leurs machines. Les cris des hippogriffes, dragons, licornes, centaures à l'attache se mêlaient aux grondements des moteurs, aux ratés, aux klaxons. Tanks et autogires côtoyaient loups-garous et lynx.

Les sorcières goûtaient dans le chaudron fumant le bouillon de onze heures, en faisant claquer leurs lèvres et leurs langues. Certaines donnaient des recettes pour le rendre plus mortel aux humains. Puis, ragaillardies de leurs voyages par la chaleur, elles se dressaient autour de la marmite comme des flammes et, s'agrippant les unes aux autres par leurs doigts crochus, elles tournaient en criant :

Tripes, griffes et graillons
Frites, philtres et poisons
Agitons, agitons
Sœurs sorcières des sordides sarabandes
        [sabbatiques
Agitons le bouillon.
Suif de juif
Graisse de négresse
Corps de mort
Sang d'enfant

Goûtons, goûtons
Sœurs sorcières des sordides sarabandes
                    [sabbatiques
Goûtons le bouillon.

Les visages verdâtres des sorcières riaient entre les flammes. De leurs doigts parcheminés, elles écartaient les flammes comme des rideaux. En guise de louches, elles plongeaient leurs mains nues dans le chaudron bouillonnant et portaient à boire à leurs bêtes. Les licornes enivrées se dressaient sur leurs pattes arrière, se perçaient le ventre de leurs propres cornes et se mettaient à chanter comme des oiseaux. Les loups-garous crachaient leurs entrailles. Les dragons vomissaient le vitriol qui leur servait de sang. Armées de couteaux, les sorcières se taillaient à même leurs montures vivantes un morceau palpitant qu'elles mangeaient sans pain, car pour elles, le pain est mortel : une seule miette les aurait étouffées. De même, elles ne buvaient jamais une goutte de vin, de peur de mourir.

Les sorcières tournaient de plus en plus vite et chantaient de plus en plus faux. Leurs voix ébranlaient si fort la voûte que, de temps en temps, des fragments de roche s'en détachaient avec fracas. En dansant, elles arrachaient et envoyaient voler à tous les coins de la caverne les haillons qui cachaient leurs nudités cadavériques. Elles crachaient dans le feu qui vacillait et emplissait la caverne d'épaisses fumées noires. Les sorcières finissaient par s'écrouler, suffoquées. Celles qui se tenaient encore debout jetaient les autres en travers des bêtes, ou, si elles étaient trop lourdes, les attachaient à leurs queues. Les bêtes se roulaient par terre pour vider leurs cavalières. Toute la horde finissait par sortir en s'entre-écrasant. Les sorcières s'enfonçaient dans la terre comme des vers ou s'élançaient dans le ciel noir à cheval sur leurs manches à balais ou pilotant des avions titubants.

Le dimanche matin, nauséeuse et plus triste que jamais, Carca s'éveillait, seule sur la terre froide. Elle ne se sentait soulagée que par les nuits d'orage. Par une de ces nuits démontées, où elle rentrait à sa caverne en chantant, elle entendit des appels. Elle s'approcha et, à la lueur d'un éclair, distingua un homme qui lui dit :

– Je me suis perdu. Est-ce que vous voudriez me sortir d'ici ou me mener chez vous ?

– Oui, à une condition.

– Quelle condition ?

– Que tu m'épouses cette nuit, ou je te laisse errer dans cette forêt jusqu'à la fin de tes jours.

La nuit était trop noire pour que l'homme pût voir le visage de la sorcière et il accepta le marché. Carca le prit par le bras et le guida dans l'orage jusqu'à un couvent-forteresse qui dominait la forêt. Entre deux coups de tonnerre, la sorcière fit résonner le lourd marteau du portail. Après une longue attente sous l'averse – Carca serrait en riant l'homme transi – le portail s'ouvrit. En reconnaissant la sorcière, le moine portier étouffa un juron et demanda :

– Qu'y a-t-il ?

– Mariez-nous, tout de suite, ce soir, il le faut, dit Carca.

– Tu veux rire, sorcière damnée ! À cette heure, va donc à ton sabbat d'enfer. Holà, là-dedans, qu'on lâche les chiens après elle ! Les religieux ont mieux à faire qu'à tremper dans les manigances des sorcières maudites.

– Moine ! Tu me refuses le sacrement, à moi, et à ce chrétien qui m'a donné sa parole, qui m'a fait promesse de mariage.

– Vous avez promis ? demanda le moine au pauvre homme.

– Oui, répondit celui-ci en claquant des dents.

– Alors, chose promise, chose due. Suivez-moi à l'église.

Quand ils furent devant l'autel, l'homme frissonna en voyant à la lueur des cierges le visage de sa fiancée. Le prieur les unit à tout jamais. Carca lui présenta deux anneaux de cuivre rouge, qu'elle avait préparés depuis longtemps pour le cas où elle réussirait à capturer un homme. Le marié passa un des anneaux au doigt griffu de la sorcière, il enfila l'autre en pâlissant.

Au sortir de l'église, Carca prit son époux par la taille pour le guider à travers la forêt. Comme bouquet de mariée, elle portait un fagot de ronces. En guise de demoiselles d'honneur, des crapauds les escortaient.

Carca mena son mari jusqu'à la caverne. Elle jeta au feu son bouquet de mariée pour faire une flambée et, dans un chaudron, commença à tourner la soupe avec un pieu. Elle servit son mari dans un crâne. Il goûta une gorgée, qu'il cracha par terre, et demanda :

– Tu n'as rien d'autre ?

– Non, viens.

Carca avait préparé une litière de broussailles épineuses et de peaux qui sentaient encore la bête.

Quand elle s'éveilla à l'aube, son mari n'était plus là. Elle vit briller son alliance, qu'il avait jetée sur le sol en s'en allant. Elle l'enfila au-dessus de la sienne en grinçant des dents et se mit à récurer le chaudron qui avait servi au repas de noces.

Neuf mois plus tard, la sorcière donna le jour à une fille. Elle arracha les guenilles qui cachaient sa poitrine tatouée, elle saisit son sein naguère desséché, maintenant gonflé de lait, et l'enfonça dans la petite gueule avide de son enfant, en lui disant :

– Ma fille, comme chariot je ferai descendre pour toi du ciel la Grande

Ourse. Tu sauteras à la corde avec l'arc-en-ciel. Tu jongleras avec les étoiles, très vite pour qu'elles ne te brûlent pas. Sur le rivage, je te construirai un merveilleux palais de sable que la mer ne détruira jamais. Je te donnerai le premier quartier de la lune, le plus neuf. J'apprivoiserai pour toi les animaux sauvages. Je changerai les champignons vénéneux en fruits délicieux. Je te raconterai une histoire qui ne finira jamais.

Et Carca serra dans ses bras son poupon brun. En tétant, le bébé fit craquer une fibre au sein de sa mère. Carca esquissa une hideuse grimace, qui se termina en sourire. La sorcière était devenue une vraie femme. Elle mura la grotte du sabbat. Puis, avec son bébé criard bien niché au creux de son coude, elle s'approcha des villages. En tremblant, elle goûta au pain et but du vin. Elle n'en mourut pas, mais vécut pour voir grandir sa fille.

La fée changée en femme

Ses pareilles lui disaient :
— Quelle folie ! Jamais, depuis l'origine des temps, fée n'eut d'enfant, Dieu merci.
— Tu ne pourrais plus t'envoler, avec ce poids dans tes bras.
— Tu ne pourrais plus te divertir, avec ce poids dans ton cœur.
— Je veux un enfant.
— Folle ! Tandis que nous danserons dans l'écume des cascades, toi, sur la berge, tu laveras des langes souillés.
— Je les laverai.

– Tandis que nous écouterons la musique des sphères, tes oreilles seront assourdies par des hurlements de moutard.

– Je donnerais tous les mondes et leur musique pour le cri d'un nouveau vivant.

– Si tu t'encanailles à ce point, si tu deviens mère, comme n'importe quelle vulgaire femme mammifère, ne compte plus sur notre amitié, nous ne te regarderons plus.

– Vous ne me regarderez plus et moi, je regarderai mon enfant.

– On te chassera des terres enchantées.

– J'irai ailleurs, dans les terres ordinaires, avec mon enfant.

– Pauvre insensée ! dit l'Archi-Fée en secouant sa tête ruisselante de lumière.

Nulle d'entre nous ne peut avoir d'enfant sans en mourir.

— Je mourrai, comme la feuille arrachée par le vent, le capitule qui éclate en projetant ses graines, la flaque aspirée par le soleil et qui devient nuage.

— Tu mourras, mais de la pourrissante mort des humains, après avoir vécu de leur vie maladive. Tes yeux, qui fixent le soleil en face, tes yeux qui ne se sont jamais fermés, connaîtront la pesanteur du sommeil et la saumure des larmes. Ta bouche, faite pour chanter la joie du ciel, mâchera des viandes mortes et mentira.

— Je veux un enfant.

— Alors pars.

— Va-t'en.

— Va-t'en à tout jamais.

Chassée par ses sœurs, la fée descendit vers le pays des mortels. Un aigle la frôla de son aile, un chamois l'approcha, mais déjà elle ne comprenait plus leur langage. Elle frissonna sous sa robe de vent: son sang, naguère brûlant, tiédissait à la température humaine. Ses pieds, qui n'avaient jamais qu'effleuré la terre, appuyaient maintenant lourdement sur le sol raboteux. Le soir tombait, le soir tombait de fatigue. La vallée apparut, allongée comme une blessée, avec le sang plombé de sa rivière qui s'épanchait sans trêve.

Un charbonnier des bois passa entre les arbres. Obéissant à ce signe du destin, la fée se mit en travers du chemin et lui dit:

— Charbonnier, je t'offre ma main fine et blanche comme un pas d'oiseau dans la neige.

— Une fée de la montagne! s'écria le charbonnier épouvanté, voulant fuir l'aérienne créature vêtue de la seule clarté de la lune.

– Charbonnier, n'aie pas peur, je t'aimerai jusqu'à la mort. Je ne suis presque plus fée, je ne sais plus lire entre les nervures des feuilles. Cela m'amuserait de manger. Sur ton épaule, je suis sûre que je finirais par m'endormir. Si tu es de méchante humeur, je laisserai couler sur mes joues deux gouttes d'eau en guise de larmes. Tu verras, je ne suis plus du tout fée. Je te donnerai un fils.

– Un farfadet de minuit, oui! grommela le charbonnier en couvrant la fée de sa houppelande. Tu ne dois seulement pas savoir faire la soupe.

– Je t'enivrerai d'un philtre qui te fera oublier toutes tes peines.

– Mais tu ne sauras point raccommoder mes hardes.

— Par mille points de broderie, je rassemblerai les pièces et les morceaux de tes vêtements plus beaux qu'une chape d'empereur, charbonnier des bois. Mène-moi à ta hutte.

Le charbonnier, soutenant de son bras solide comme une branche la marche voltigeante et chancelante de la fée, lui dit :

— Tu ne seras pas malheureuse avec moi. Je te donnerai des noix dans du miel et du lait de bique bien chaud, puisque tu as dit que tu avais faim. Faudrait que j'abatte un ours pour que t'aies pas froid aux pieds, chez nous.

Ils s'enfoncèrent dans la nuit, serrés sous la même houppelande. La fée se réjouissait de n'être plus qu'une femme, elle aimait en son compagnon l'enfant à venir.

L'Île dans une bassine d'eau

La reine Irline eut un fils, qu'elle nomma Irli. Il était si délicat qu'on se demandait s'il vivrait.

Il refusait le lait de sa mère qui disait : « Il va mourir ! »

Comme elle pleurait un matin à son balcon, avec son fils sur les genoux, un oiseau doré foncé vint se poser sur son épaule :

– Pourquoi pleures-tu ? demanda-t-il en son langage d'oiseau.

La reine, qui comprenait tous les animaux, lui répondit entre ses larmes :

— Je pleure parce que mon fils ne veut pas téter.

— Eh bien, je vais m'occuper de ce petit oisillon-là. Je le nourrirai à ma manière.

Et l'oiseau nourrit à la becquée le petit prince avec des graines ailées. Quand il avait trop chaud, il l'éventait de ses ailes. Quand il avait froid, il le réchauffait entre ses plumes. La nuit, il montait la garde, perché à la tête de son lit.

Un jour que l'oiseau et Irli se promenaient dans les bois, l'oiseau voltigeant et Irli sautillant, une biche arriva vers eux en bondissant, s'agenouilla et dit d'une voix claire :

— Irli, viens sur mon dos, je te promènerai partout.

Irli fut heureux de l'offre de la biche. Quand il était fatigué, elle le traînait dans une petite voiture de branches. D'autres fois, il montait à califourchon sur son dos et elle l'emmenait en bondissant dans les prairies et les forêts, pardessus les haies et les ruisseaux.

L'oiseau et la biche prévenaient tous les désirs du petit garçon. De ses pattes fines, l'oiseau lui peignait ses cheveux de fils de la Vierge, lui tournait les pages de ses livres d'images, tenait pour lui sa cuillère remplie de miel, guidait sa main quand il avait à copier une page d'écriture.

La biche aurait voulu, elle aussi, s'occuper sans cesse d'Irli. Dans leurs promenades, quand Irli réclamait un fruit très haut perché, elle se dressait contre l'arbre sur ses pattes de derrière, elle enfilait une corne dans le fruit et l'offrait à son ami. Quand elle n'avait rien à faire pour lui, elle s'approchait de la reine et inclinait ses cornes pour que la reine s'en servît à dévider ses écheveaux. Souvent, les pattes repliées, elle regardait pendant des heures jouer Irli.

Irli, au milieu de tant de considération, devenait chaque jour plus insupportable. Quand il dormait, la reine appelait l'oiseau et la biche et pleurait sur ses défauts. L'oiseau gémissait et la biche soupirait. Mais comment corriger Irli? Il était si délicat: un jour, après avoir croqué un chocolat à la liqueur, il fut ivre. Un autre jour, il eut le mal de mer sur sa balançoire et s'enrhuma parce que la reine agitait un éventail. Il était si léger qu'au moindre vent il penchait comme une herbe. En promenade, la reine le tenait par la main pour qu'il ne s'envolât pas. Il était plus fragile qu'une bulle de savon. À la moindre contrariété, il se roulait pas terre en criant :

– Je veux mourir ! Je vais mourir !

Alors comment ne pas céder à tous ses caprices ?

Et voici que le jour de ses dix ans approchant, sa mère se tourmentait pour trouver un cadeau digne de lui.

Enfin, ce jour arriva. À peine Irli fut-il éveillé dans son lit de verre filé, que deux pages entrèrent dans sa chambre en tenant une grande bassine pleine d'eau claire. Irli se pencha et vit, flottant sur l'eau de la bassine, une île de la taille d'un nénuphar. Il y poussait une forêt d'arbres pas plus hauts que le petit doigt. Irli aperçut soudain un village. On aurait pris les maisons pour des bigorneaux. Dans les rues allaient et venaient des gens vivants, si petits qu'il fallait cligner des yeux pour les voir. Dans la forêt coulait goutte à goutte une rivière fine comme un fil. Des coques de noix voguaient sur la bassine : c'étaient les bateaux des pêcheurs de l'île. Irli entendait dans les arbres la chanson des oiseaux-puces.

Les grandes personnes étant de la taille des fourmis, il faut renoncer à décrire leurs enfants aux yeux semblables à des grains de sable, aux bouches pareilles à des trous d'aiguille.

Un négrillon suivait les deux pages qui portaient la bassine. Il tenait avec précaution un coussin de pourpre. Sur ce coussin étaient posés une couronne à sept fleurons, un sceptre et un parchemin. Il s'agenouilla devant Irli en pyjama, qui avait sauté de son lit, et lui présenta le coussin pourpre. Irli, affectant la plus grande désinvolture, mit la couronne sur l'oreille, s'empara du sceptre et déroula le parchemin: *À notre fils unique Irli, Nous Irline, sa Mère, donnons l'Île dans la bassine d'eau. Qu'il reçoive également cette couronne et ce sceptre de Roi de l'Île et qu'il gouverne son peuple avec sagesse.*

Irli poussa un cri de joie et décida:
— Je vais faire des naufrages.

Avec un bâton, violemment, il frappa l'eau. Les équipages des coquilles de noix se débattirent dans la tempête, s'accrochèrent à leurs mâts d'allumettes. Beaucoup se noyèrent.

Pour varier les plaisirs, Irli alluma un incendie dans l'île. Les petits bonshommes et les petites bonnes femmes n'avaient plus ni maisons ni bateaux ni champs, et ils pleuraient des gouttelettes de larmes en poussant des cris de souris.

Irli, qui s'amusait délicieusement, fit la nuit en plein jour en posant son chapeau sur l'île. Le maire et quelques notables supplièrent Irli de revenir à de meilleurs sentiments. Il répondit par des éclats de rire.

Alors ses sujets se plaignirent secrètement à la biche.

— Vois, disent-ils, comme on nous traite ! Ton maître est cruel et nous, nous sommes très petits et nous ne pouvons pas nous défendre. Emmène-nous !

La biche était triste, car elle aimait passionnément Irli malgré sa tyrannie. Mais elle avait grand pitié des habitants de l'île. Elle inclina sa tête vers eux, ils grimpèrent tous le long de ses cornes et quand elle releva la tête, ils se laissèrent glisser sur son dos. Elle partit au galop. Mais Irli était dans les jardins, qui leur barra la route :

— Vous êtes fous ! cria-t-il. Voulez-vous rentrer immédiatement dans votre île ! Mais, Biche, tu perds la tête ! Je vais te battre, je vais vous noyer, je vais tous vous exécuter !

Pour toute réponse, la biche fit un bond en avant. Mais Irli s'accrocha à son cou en criant :

— Tu m'abandonnes, tu te mets contre moi, tu me trahis. Oh, qu'est-ce que je t'ai fait, dis, Biche ? Je ne t'ai rien fait. Maman, maman !

La reine accourut :

— Oh méchants, dit-elle, vous avez fait de la peine à mon fils.

Et elle prit Irli dans ses bras.

Les petits villageois se taisaient, parce

qu'ils savaient leurs voix trop faibles pour arriver jusqu'aux oreilles de la reine. Mais la biche prit la parole :

— Madame, dit-elle, Irli a tort et ses sujets ont raison de vouloir lui échapper. Il les a martyrisés.

— Ma pauvre biche, soupira la reine, c'est méchant ce que tu dis. Pourquoi as-tu fait du chagrin à mon fils? Je suis sûre qu'il va dorénavant être un très bon roi. Allons, ramène ces petites personnes dans leur pays. Irli ne leur fera plus jamais de mal.

La biche, hésitante et triste, ramena ses alliés dans leur île et se sauva dans les bois. Les petits bonshommes se dirent entre eux :

— Ce n'est pas vrai, ce que la reine a promis, qu'il ne nous ferait plus de mal. Qu'allons-nous devenir?

L'oiseau, qui avait pitié d'eux, quitta pendant la nuit le lit d'Irli et vint se percher sur le bord de la bassine. Pour se donner une contenance, il avala une gorgée d'eau. Les habitants, que leurs craintes empêchaient de dormir, vinrent près de lui et le maire lui dit :

– Oiseau, emmène-nous loin…

L'oiseau réfléchit, but une nouvelle gorgée d'eau, puis saisit l'île entre ses pattes et s'envola par la fenêtre. Il vola toute la nuit et, au matin, déposa l'île sur un étang calme, dans un pays lointain. Les petites bonnes gens le remercièrent par des chants et des danses d'allégresse ; puis il s'en alla à tire-d'aile rejoindre la biche dans une forêt profonde.

Quand Irli s'éveilla, il se mit à crier :

– Où est l'oiseau ? Où est la biche ? Répondez ! Où êtes-vous ?

Pieds nus, il courut vers la bassine d'eau, et, se penchant, vit seulement le reflet d'un petit garçon dépeigné.

– Mon peuple ? Où est mon peuple ? Qui est-ce qui me l'a pris ? Oh, méchants, où est mon île ?

Il se mit à pleurer dans la bassine d'eau.

Mais, avec le temps, il se consola et devint presque bon.

Table des matières

Dog
page 11

Le costume enchanté
page 29

Troll et Girolle
page 43

L'Idiot et la fée
page 57

La laveuse de vaisselle
page 67

Naz l'épouvantail
page 79

Les oiseaux Cris-de-la-Princesse
page 87

Ilide et Irline
page 97

Le sortilège des oies
page 111

L'arbre creux
page 133

La petite fille de verre
page 149

La moindre des fées
page 159

L'enfant de la sorcière
page 173

La fée changée en femme
page 185

L'Île dans une bassine d'eau
page 191

Pour tout complément d'information
(biographies d'auteurs, bibliographies,
recherches thématiques) :

www.ecoledesloisirs.fr